梦里不知身是客

胡元 著

吉林人民出版社

图书在版编目（CIP）数据

梦里不知身是客/胡元著.--长春：吉林人民出版社，2017.6（2022.1重印）

ISBN 978-7-206-14049-5

Ⅰ.①梦… Ⅱ.①胡… Ⅲ.①回忆录—作品集—中国—当代 Ⅳ.①I251

中国版本图书馆CIP数据核字(2017)第129148号

梦里不知身是客

著　　者：胡元
责任编辑：卢俊宁　　封面设计：佟玉　　策划编辑：江梅玲
吉林人民出版社出版 发行（长春市人民大街7548号 邮政编码：130022）
印　　刷：黑龙江艺德印刷有限责任公司
开　　本：787mm×1092mm　　1/16
印　　张：11.75　　　　字　　数：160千字
标准书号：ISBN 978-7-206-14049-5
版　　次：2017年6月第1版　　印　　次：2022年1月第2次印刷
定　　价：55.00元

如发现印装质量问题，影响阅读，请与出版社联系调换。

序

　　说起和胡元的相识、相知，非常曲折和充满戏剧性。她来美国的第二天我们就见面了，她貌不惊人、普普通通，甚至有些邋遢。对于注重仪表的我来说，"不修边幅的傻丫头"成为她留给我的第一印象，我也就没有了继续探寻的欲望。半年以后，集体秋游的时候，我们才有了更多的接触，我以此为契机慢慢认识她、了解她，并开始喜欢她、欣赏她。有时我感觉看见她，好像看见三十年前的自己，拂开历史的尘埃迎面走来，大有相见恨晚之感！

　　秋天的大熊山，漫山红遍，层林尽染。她非常认真地为我拍照，很用心思，我感受到那是她心底深处的善良、真诚，而当我要为她拍照时，她却说不喜欢照相；随着交往的深入，我才发现她不仅是善良、真诚，而且是个非常有诗意的人，而这又和我心中年轻时未尽的文学理想遥相呼应。胡元总是自称是个不会作诗的诗人，好为人师的我不厌其烦地给她讲解，可是她还是搞不通诗词格律，但这丝毫不妨碍她身上自然散发的浓浓的诗意、诗情。她仿佛是从中国古典文学的博大精深中走来，从古典诗词的浸润里生长出来，汉语文化的磅薄大气已经渗入骨髓，诗情画意舞动在她生活中的点点滴滴。春天，看着随风摇曳的春花，她感叹着秋时自零落，春日复芬芳；秋天，我们踩在厚厚的落叶上散步，她轻轻告诉我多年后，她会记住这个美好的下午和一地的秋叶，还有我与她的真诚友谊；下雪时，她说雪花轻轻覆盖着天地万物，像一床棉被。这些充满诗意的话语总是能让我从平凡的生活、俗世的烦恼中抽离出来，给我片刻的放松和遐想，给我的心灵带来久违的共鸣与抚慰。我们散步、聊天，总有说不完的话。她勤于学、敏于思，谈话时才思敏捷、文思泉涌，虽然我比她生活阅历丰富，但她时不时带给我启发和思考，让我忘记我们之间的年龄差距。我鼓励她："你可以把你的这些想法写下来，让更多的人看见。"于是她开始试着从事散文创作，我看着她每天沉醉在创作中，也真心为她高兴，她就是一个为文学而生的人。在一天忙碌的工作之后，我会静静品读她发在公众号上的文章，暂时忘却现实的疲惫和琐碎，走进一个干净、纯粹、诗意的境界，这不禁让我想起曾让我震撼的贝加尔湖，它是那样的清澈、明净、大气，还有那宝石般的湛蓝，如同她丰盈美丽的内心世界。我们有一个共识就是中国文化本位意识，学外语的目的不是学外语本身，而是为了更深刻、更全方位地学好、用好、教好汉语，并以更广阔的国际视野反观自己国家的文化。我认为她身上最深刻、最深邃、最闪光之处就是她有很深很真的家国情怀和对中华文化的赤子之心。从她平时和我的谈话中、她饱含深情的对故乡回望的文字中，我都能感受到，她传递给我的，无论是语言，还是文字，背后都是深沉的爱，对故土家园的爱，让我既感动又欣慰，为中国文字、文学、文化事业后继有人、薪火传承感到欣慰。相比当今社会的一些意识本末倒置，就更显示出她对汉语的这份情感和执着是多么难得和宝贵。我非常珍惜。

我劝她要好好打扮打扮自己，让自己"表里如一"，她却笑着说："蔡邕对女儿说修心如修容，您倒好，反过来，修容如修心。"后来我逐渐意识到，因为她内心的坚实丰富，因为她精神世界的丰满充盈，便不屑于花时间精力在外表上，就像苹果电子产品零售店一样，以最简洁的黑白线条装修，呈现最有价值、最美妙、最本质的东西。也许这也是我最喜欢她的地方，美好，自然，本真，不加雕琢，如同一块璞玉。怎么说呢，如果作为一个社会人来说，她不善于变通，真实，善良，直率，心机全无，坦坦荡荡，是个不符合现实社会需要的人，但这又恰恰是一位文学研究者和创作者最宝贵的精神财富和人格魅力！在这红尘俗世，茫茫人海，我居然还能遇到这么至情至性、诗意浪漫、善良智慧的人，实乃人生一大幸事！

半年来，我们相处的点点滴滴浮现在眼前，想到初次见面她憨厚、朴实的外表，和后来我了解到她的内心世界和精神境界及其臻至才华，我不禁想起一句诗：本是寻常窗前月，才有梅花便不同！

是为序。

刘富华 2017 年三月于美国新泽西

自序

读中文系的人

周围总是有一些"文科无用"的言论，使我感慨良多。师弟师妹问我要不要考博，我很中肯地给出建议："如果是为了找更好的工作，拿更高的薪水，千万别考，这些期望都达不到，心里会有落差，就会抱怨；只有一个理由可以让你义无反顾地去考，就是以一种几乎殉道士的精神准备为文学和文化事业献身。"

罗宗强先生在《魏晋南北朝文学思想史》的后记中写道：今年已七十有六（1995年），还其乐无穷地在书斋里探索，不知道老天还给我多少时间。先生晚年还出了一本书《晚学集》，其他学者也一样，周勋初先生，语言学家戴庆厦先生，都八十多岁了，还孜孜不倦地在学术上耕耘。一次，我因为感冒在床上躺了好几天，茹告诉我戴老师那几天也感冒了，但是还每天给她改论文，思维活跃，精神矍铄，只是中午稍稍休息了一下。我非常惭愧，戴老师并不是生病不难受，而是他和罗先生一样觉得时间太宝贵了，不想浪费生命。很多人想长寿，殊不知知识也能养生。咸丰皇帝见刘熙载精神很好，早晚无倦容，问他怎么保养的，他说闭户读书，皇帝写下"性静情逸"赐给他。孟子也说，吾养吾浩然之气！小丹第一次见到热爱写作的江梅玲同学，不禁赞叹其一身正气，腹有诗书气自华。一次在水房偶遇梅玲我说起自己最大的心愿就是出本散文集，梅玲说到时我可以找她。我终于把书稿写出来了,梅玲对我的事非常上心,她说:"从来没见过像你这样对书的每一个细节要求这么严格的作者,静儿还说你是个大大咧咧的人呢!"的确,生活中百分之九十九的事情我都不在乎,可写作是我唯一在乎的事情,是生命的价值所在。不为现实功利的目的,只是想如果通过我对文学、传统文化的理解,哪怕能够唤醒一小部分人残留心中的对美的渴望,就值得了。

庄子《逍遥游》里有一段话:"瞽者无以与乎文章之观,聋者无以与乎钟鼓之声。岂唯形骸有聋盲哉?夫知亦有之!"给孩子们讲国学时,我说,如果不了解自己国家的历史和文化,是不会产生爱国之心的。对于语言文学也是如此,不懂,怎么会爱;不读,怎么会懂;不认同,怎么会读。大部分人把语文的学习都只定位在识字,那是最基本的,就好像弹钢琴刚认识乐谱,以文字作为载体的文学、文化、历史,就如同交响乐,可大部分人终其一生也只在门外徘徊。伟大诗人的诗从来就没人读懂,只有伟大的诗人才能读懂伟大诗人的诗。一部优秀的作品,即使摆在你面前,因为你没有感受和鉴赏能力,就如同精神上的盲人,无法欣赏,多么悲哀啊。

无识之物,郁然有采;有心之器,岂无文欤!中文不是一门专业,她就是人生,就是智慧,就是美。书亦国华,玩泽方美;深识鉴奥,欢然内怿。

目录

第一部分　成长日记 /001

第二部分　似是故人来 /011

第三部分　童年和故乡 /035

第四部分　人在他乡 /061

第五部分　文艺随笔 /079

第六部分　生活感悟 /105

后记 /173

第一部分
成长日记

梦里不知
身是客

曾经的你

很多年前，看见王小波的哥哥给他的信中写道，在这个世上除了基本生理需求和感官愉悦外，就剩下两样东西，一个是美，一个是力，显然小波选择了美。我非常喜欢这段话，反复问朋友，如果两者必须择一的话会怎样选择，朋友说："两者必须择一吗，为什么不可以都选择？"我每次批评猪宝，还没展开，猪宝就泪眼蒙眬，我又好气又好笑，仿佛看到以前的自己——那个即使是在工作以后，也还是话没出口眼泪就先流下来的小姑娘。

十多年前刚去北京的时候，因为被老妈宠坏了，新的环境、陌生的城市让我不知所措，遇到困难总是以泪洗面和抱怨。当时朋友刚从法国回来，开玩笑说："你把我们都骗出国了，一个人在北京过幸福生活。"我哽咽着说："我想回家。远说："我当时离开西安去武汉上高中，我每天都在想我怎么回西安，甚至想考大学考回西安，后来我去北京上了大学，又去了法国，见到更大更精彩的世界，我终于发现无论是西安、武汉还是北京，我都回不去了。既然你选择了北京，就要坚强地生活下去，然后你才能感到它的美好和精彩。"远的话给了我极大的鼓舞和力量，于是我坚持在北京生活了十四年。看到一部电视剧里的台词：秦人怎知燕国有多寒冷！我的眼泪"唰"就流下来了，因为我在这里成长了，还遇到了那么多美好的人。公司的一次吃饭中，小吕说了一件她的家事，其实和我完全没有关系，但是我发表了看法："你爸妈太不公平了。"小吕感动得哭了。小丁和男朋友吵架了，神情恍惚间寄了一个空信封，事后她发现文件还在桌上急得都哭了，我便陪她打车追申通快递。经过一年的工作我得到大家的认可，给了我一个去人民大会堂看演出的机会。D说她也很想去，我说："那你去吧。"曹璇愤愤不平地说："我觉得D不该这样。"我说："对我来说去不去不重要，重要的是得到你们的肯定。"我还要感谢王科长，他是一个和我一样脾气倔强，而内心又特别善良的人。还有娟，我最喜欢从总部领钱然后发给大家，有一次不知道为什么娟的过节费信封是空的,她哭了,我也委屈地哭了,经理把自己的钱给了她,说:"两个丫头都别哭了。"后来经理给我们请了个外教,我为了练口语经常和他聊天,虽然满口都是语法错误,但是外教说:"没事,这不妨碍你成为一位伟大的作家!"这句话的力量给了我极大的鼓舞,为我今后的选择埋下了伏笔。

秋日的午后,阳光洒在办公室的地板上,树影随风摆动,仿佛水面波光粼粼,恍然之间我仿佛回到了大学自习室。后来考研考了两次,第二年我一蹶不振,连报名都没有勇气,朱老师鼓励我:"你只要用两个月的时间好好研读英语和政治,然后你就可以用一生的时间来做你喜欢的文学事业,既然走到这,为什么不再走远一点儿。"他说话的时候,眼里闪烁着光芒,那个光照亮了我黑暗、彷徨、无助的内心!还有我的硕士导师王老师,因为年纪相仿,我一开始有点不服,但后来渐渐发现王老师不仅是位治学严谨的学者,也是一位真性情的人。爱和我辩论的小丹、善良单纯的晶晶、古灵精怪的江南小女子姝、可爱的小庆、纯朴的师妹倩倩、为艺术痴狂的老杜,谢谢你们!考博的时候,我没有自信,小丹说:"你仔细问问自己最想要什么,给自己一个答案,不用告诉别人。"谢谢博导杜老师,我只是向老师表达了我对文学的热爱和痴迷,谢谢老师给我这个机会让我在这条路上走得更远。遇见成熟稳重的"大厨"茹、善良坚韧的安、细致认真的晶、坚强智慧的蓉倩、调皮诙谐的毛毛、真诚坦率的楠儿,谢谢你们!谢谢汉学家西蒙老师,其实专业和老师并不相近,但西蒙老师给我这个机会让我终于实现了多年来的夙愿——感受域外学者是怎么研究汉学的。然后又是美丽的遇见,生命真是美好……

卖弄

猪宝边读书边问妈妈"卖弄"是什么意思,妈妈刚好借题发挥一下:"你最近就老爱'卖弄',比如妈妈让你坚持阅读,是想让你终将有一天感受到阅读的乐趣，然后形成一种习惯，但你和小朋友在一起的时候却总是爱'卖弄'，你看这几天来咱家的那个憨憨，你看了一个月的小说，他两天就看完了，你叫他他听不见，喊吃饭他也听不见，但他从没有以此卖弄，只是喜欢。"

林志颖的儿子参加法国一个阅读活动，过关斩将眼看就要拿下第一，评委会提前把奖发给他说："你们可以回家了。"林志颖很奇怪地问为什么，主办方说："我们活动的本意是让孩子感受阅读的乐趣，但你儿子的目的在于拿奖，早已违背了本次活动的主旨。"现在好多培训班也是这样，即使家长的本意只是让孩子多一个爱好，但很快就变成考级大赛，不禁让我想起一个朋友从小学钢琴并考了八级，但是现在钢琴还在，她却已经不会弹了，失去了父母的监督和强制，钢琴也就淡出了生活。

我发现一个很有意思的现象，古代妇女中最有文化的是女诗人，女诗人大部分是妓女，她们可以跳出规则的束缚享有受教育的权利，但这个受教育是有目的的——取悦男人。但李清照就不同了，书香世家，其受教育的目的是自我修养和情感抒发，与其他出身迥异的女诗人在诗词境界上完全不同，世人总是评说李清照诗词中有一些小女人的情态，那为什么辛弃疾"暮然回首，那人却在灯火阑珊处"没人说女性化？只说是英雄的柔情，其实李清照诗词中更多的是丈夫气，她和丈夫赵明诚，我觉得更像志同道合的朋友。

电影《燃情岁月》，上尉想教印第安人的女儿学习，她父母问："有什么用？"上尉答："拥有更丰富的世界！"

世界不会对你温柔以待

前段时间，一位妈妈给自己即将进入大学的孩子写了封信，题目是《愿世界对你温柔以待》，在网上疯传。有位有识之士演讲时痛心疾首地说："真的太晚了，这封信是应该写给上幼儿园的孩子的！"

我很有感触。朋友说，她的孩子想帮老师画画，老师不同意，孩子很失落，朋友问我怎么办。我对朋友说："难道你不觉得这也是一种对生活的感受，是成长的一部分吗，并且来得越早越好。"她就释怀了。我忽然想起猪宝小时候有一套绘本，其中有一本叫《爷爷去世了》，我有意把这本书藏了起来不给他看，现在想想其实也没必要，从小让孩子去直面真实的生命也没有什么不好。当今社会，孩子们吃饭等着大人送到嘴边，这不是个案，是常态。我不怕帮别人看孩子，问题是你除了管孩子外，还要管他的书包、水壶等一系列随身物品，因为大部分孩子都是甩手掌柜，大人们像大太监一样竭尽所能伺候"小皇帝"，唯恐让他们吃到哪怕一星半点的苦，受到微不足道的一些挫折，无教而有爱！刚来美国时，一次邻居老人气愤地敲我的门，劈头盖脸地教训道："你应该让你儿子做正确的事情。"我一脸茫然，他把我带到后门楼梯，楼道被猪宝撒了一地垃圾，我一句不知道就把责任推出去了。当时我多少有点不高兴，因为孩子我自己可以教训，别人却不能，可后来一想，人家告诉你孩子也必须遵循社会公约，这是在帮助你儿子成长啊！国内的邻居也许见面就夸，但是背地里却指指点点，你也无从意识到自己教育的得失，孩子也不会成长。小时候，老妈出差，老爸让我把家里除了做饭、洗衣以外所有的家务都承包了，然后给我发工资，院子里的人都夸他教子有方，但谁都不对自己孩子那样。上中学时，老妈觉得亏欠我很多，不再出差了，于是非常溺爱我，结果我从勤劳、能吃苦的榜样变成了骄纵任性的反例。老天都是公平的，工作后，别人认为很正常的生存环境，我却无法承受，其实并不是掉到地狱，只是回到人间而已。

　　经常看见关于年轻的生命自杀的新闻，因为在我们整个成长过程中，没有人教我们怎么面对痛苦、失败、挫折，即使教你面对失败，也是为了最终的成功，而不是教你怎么疗伤，跌倒后怎么有尊严地爬起来。有个女孩因为失恋自杀了，给男友留言说："我就是要让你知道我有多爱你，失去我你有多痛苦。"真是可悲又可怜！这个世界何其宽大，人生的路何其长远，真正感到锥心之痛的只有爱你的家人。

　　教堂组织做圣诞礼物，美国孩子互相协作很快就完成了，中国孩子动手能力差，又刚愎自用不让人帮忙，也不听意见和建议，朋友看着这一幕很感慨地说："我看到的是两个民族的未来……"

屁孩日记

朋友一大早致电要去购物,"黑五"如果无为的话总觉得缺点什么,于是把孩子托管给我。我先安排猪宝和查查在家写作业,然后带天天去玩滑梯,我不时看看微信,天天说:"你不许看手机,我已经不高兴了。"我说:"我想看看有没有朋友找我,虽然我在陪你,但我也有我的生活啊!"然后我们就一起荡秋千。

我和天天回去以后,查查和猪宝做完作业,在玩天天的玩具,天天哭了不让玩,我对两个大男孩说:"在我们四个人中,天天是这个家的主人,她不让你们玩,就不能玩。"天天让我给她编辫子,然后说:"我是Elsa(《冰雪奇缘》的女主角)!"查查一脸不高兴地说:"Elsa喜欢和别人分享,带给别人快乐,你才不像Elsa。"天天委屈得快哭了,我说:"你想成为Elsa,不是仅仅模仿她的外形,而是她的善良和乐于助人。"天天无奈地答应了。我和天天一起画画,天天让查查看她的画,查查说好;天天让我看,我什么也没说。天天说:"你为什么不夸我?"我说:"我觉得好,我就由衷地赞美你,我现在觉得很一般,为了不伤害你所以我什么也没说。"天天嘟着小嘴不高兴,但又无力反驳,无奈地说:"那好吧。"查查说:"你真是个好奇怪的人啊,我们南京的阿姨一见我就夸,妈妈见到别人的孩子也夸,你怎么总批评我们。"我反问查查"那你觉得我今天哪句话说得没有道理?"查查想了想似乎又挑不出毛病,点点头,但还是满脸的不高兴,我对刚过完十岁生日查查说:"因为我说的很真实,我从一开始就告诉你世界本来的面目,你可能有点儿不舒服,但总比有一天让你忽然面对要舒服得多。"查查似懂非懂地点点头。查查又去逗天天说晚上游泳不带她,天天刚要哭,被我制止住:"天天,你先动动脑子思考一下,能决定你晚上是否游泳的只有你妈妈,查查又决定不了,你哭什么哭!"天天想想也有道理,就没有哭。

我让天天帮我开一下她家的中文电视,天天想看动画片,我说:"我今天只在你家待几小时,我想看一些我喜欢的节目,当然你是主人,不过如果你满足我的话,我会很高兴的。"天天把遥控给了我。这时查查又在我旁边唉声叹气的,我问:"怎么了,是不是觉得没意思?"查查蔫蔫地点点头,我说:"你先坐我对面,咱们聊一会,本来今天如果我不来照顾你们的话,我计划在家听听音乐看看书,但是既然来了,我也没有不开心,看看电视、画画,也很惬意。既来之则安之。"查查猛然坐起来去找他的书包,拿出一本书聚精会神地看起来。天天在玩积木,猪宝边听评书边玩乐高,查查聚精会神地看书,我在画画……

知识和思维

妈妈说:"我不想给你检查幼稚的小学生作业了。"猪宝说:"得了吧,因为你根本就不会。"起因是猪宝看了一些竞赛节目的诗词,让我回答,我并不全会。昨天写了一篇文章引用了很多诗歌,朋友就建议我参加诗词大赛。其实我并不适合那样的节目,我对诗歌是先感动,然后自然就记住了,而不是为了记忆而记忆。我回答不上猪宝那些记忆性问题时,就对他说:"你问我的问题,我现在马上就可以在网上查到,但是我思考的问题网上却没有。"知识和思维的关系,有点像书本和诗的关系,诗有别材,非关书也;知识并不等于思维,然非多读书、多穷理不可至也。思维是对知识内化后形成的感悟和思考能力。

有人问:"你那么喜欢诗歌,一定让猪宝背了很多诗歌吧?"没有,我觉得每个孩子都是一座宝藏,你在不合适的时机开发或者开发过度,都会破坏这份天赐的礼物(有趣的是英文GIFT既是礼物又是天赋的意思),丧失本来的艺术灵气直奔匠人去了。法国志愿者卢安克在中国山村支教后,感慨地说:"十岁以上的孩子虽然也可以继续学知识,但是他们对世界的感受能力却永远消失了,因为感受力主要是在六岁之前培养。"我不对猪宝为了灌输知识而灌输,但我也不会放过任何一个他已经感受到世界的瞬间给他灌输相关的一切。春,猪宝躺在小床上,妈妈喊猪宝起床,猪宝翻了个身假装没听见,妈妈告诉猪宝这就是"春眠不觉晓"。猪宝说："我有一种情绪，既不能用快乐也不能用忧伤来形容，觉得很复杂说不出来。"妈妈说："中文有一个词'惆怅'可以准确地表达你的情感。"我看了一眼诗词大会，有个小姑娘力战群雄站在擂台上，当问她"商女不知亡国恨，隔江犹唱后庭花"中的"商"指哪个朝代，她一脸天真地说："商朝。"而我脑海里浮现的是隋军包围后宫，陈后主带着妃嫔拼命往井里藏，大臣们拦都拦不住，连最后一点儿尊严也没有；而陈朝之前的萧梁王朝侯景之乱时，梁武帝威严而镇定地端坐在大殿之上，叛军头领侯景竟然不自觉地行了君臣之礼。就在陈后主躲到井里的一瞬，绝代风华的六朝彻底结束了！我当然不是要和小姑娘一比高下，我也承认一切思维、理解的基础是记忆，但很惋惜，她想象力最丰富、最有创造性的那几年却过多地用在了死记硬背上，而不是感受力的培养上。

《源氏物语》的作者紫式部是日本平安时代一位教贵族女孩作诗的家庭教师，除了教授唐诗之外，还带着女孩在日式庭院前体物吟诗，春花烂漫，紫式部触景生情，诗兴大发教学生作诗。要知道那个时代如果不懂汉文、不会作汉诗，是绝对不会得到天皇宠幸的。这也是像紫式部这样的作家能够如此接近宫廷生活的原因。一如海伦·凯勒的老师把水龙头打开，拉着失明的凯勒的手，放在水中，然后一遍又一遍在她稚嫩的掌心写着：water、water……

第二部分
似是故人来

梦里不知
身是客

爸爸

自从2002年离家以后，我每年回家只待几天，回去也是和朋友聚会居多。老爸嗔怪地说："你说是回来看我的，你骗我！"说话的语气像个受委屈的孩子。我瞥了一眼窝在沙发里看电视的老爸，再看看厨房里忙里忙外的老妈，墙上挂着我离家时的全家福，显然爸妈都苍老了许多，而我却没陪伴他们经历这一切。我每次打电话，只是问妈在家不，不在就要挂掉，爸像个孩子似的说："你和我说会儿话好吗，我很想你……"

电视机还开着，我喊："爸，你能不能小点儿声。"然后发现他早已歪在沙发上睡着了，而我还是不禁想起儿时爸骑着自行车带我满西安城跑的样子，那时的他是充满活力的，而老妈总提的爸的一些奇闻轶事，现在想来倒成了爸智慧和远见的佐证。爸本来学的是建筑，在单位房建科，妈说爸在八十年代就建议盖楼房的时候在楼顶修一个游泳池，结果因此被赶出房建科。可是好多年后，我真的在好莱坞大片里看见楼顶有游泳池的房子，并且还带着猪宝在楼顶有游泳池的酒店度假，而这距老爸的建议已经三十年了！爸在我们看十八寸电视机时就预言，将来电视机都是挂着的，当时已经应用在军事上，只要把成本降下来就能普及。二十年后，电视机可以挂着了，但是家里没地儿挂，墙上挂着全家福。老妈经常出差，爸让我把家里的家务全包了，然后发给我工资，院子里的家长们都夸我能干，但是谁也不让自己的孩子那样做。爸说他用的是洛克菲勒的育儿方法，后来老妈不出差了，优良家风尽毁。来美后，我从一个生活不能自理的人到能够坚强独立地生存，朋友说就是因为你老爸小时候训练的童子功。我们院子对面是省人民医院，之前我家住在临街楼房的四楼，当时一楼的一家想和我们换房子，老爸说："好呀，我们可以把一楼租给做生意的人，然后自己在外面租房子。"又被老妈骂得狗血喷头。时间！时间永远是最后的评判者，随着商品经济的发展，一楼全开了小卖部，一楼的人都再也不想搬家了，和爸预见的一样，把自己的房子租出去，自己住在外面。看来老爸像刘勰一样远远地走在时代的前面，必然是寂寞的。

　　爸带着我到处跑的那辆自行车其实是他用28大车和别人换的，老妈只看见28换成26，把老爸大骂了一通。老爸让我坐在那辆和别人换的车上，有些像自言自语，又有些像对我说："你看，这个车是铝合金做的，特别轻巧，是做飞机的材料，很少见，为什么你妈说不好呢？"在没有导航的年代，爸总是骑着、骑着就迷路了，夜色降临，他倒也不慌，还指着城墙对我说："如果有一天，你走丢了，不要怕，只要沿着城墙就可以走回家。"爸总是随身带一个弹簧秤，买了东西自己再称一下。一次小贩卖给他的水果少了好几两，他拿着弹簧秤说不够，其他几个摊主一拥而上，说："不够又怎么样？"小小的我躲在爸爸身后，非常恐惧。爸虽然身材高大，但不善言辞也不屑于与他们争论，就收起弹簧秤和水果走了。漆黑的夜里，他边骑车边自我解嘲地说："走路算账，财迷转向。"其实，老爸是个十分有趣的人，可是他们都不相信。洁说："我每次跟你爸爸打招呼，他总是背个手、低个头，冷冰冰的，我不相信他是个有趣的人。"也许老爸的有趣只存在于和我在一起的时候吧。爸骑着车带我出去，小朋友们蹲在沙子堆旁玩沙子，问："你们去哪啊？"不等我回答，爸说："我们要去月亮上挖瓜子金！"小朋友们马上站起来对我们行注目礼。而我坐在车前面，觉得无比自豪，仿佛拥有什么别人没有的稀世珍宝似的。等到我可以自己骑车时，爸给我买了一辆自行车，我学车的时候让爸在后面扶着，可爸扶了一会儿就不扶了，我骑着、骑着问："爸，你有没有扶着？"爸说扶着；我又问扶着吗，爸说扶着；又问，没听见回应，回头一看爸在很远的地方注视着我，一慌神，我栽倒了！我学会骑车后，比男生车技都高，因为是我自己摸爬滚打练出来的。只要作业做完了，我想玩到几点就玩到几点，身上挂一把钥匙，玩够了自己回家。也许是童年我把这辈子想玩的都玩腻了，此后只想学习，有无穷的求知欲，喜欢探索未知事物。小朋友最怕的就是拿试卷回家让家长签字，我不怕，因为爸从来不会因为考试成绩批评我，无论分数高低，也无论他正在做什么，他总是一边做事，一边看似漫不经心地问："错了的题都改过来了吧，改过来就可以了。"谢谢爸爸，把自由作为礼物送给他的女儿。每次和小朋友打架，别的家长拽着孩子一把鼻涕一把泪地找上门，老爸问一下事情原委，如果的确不是我的错，也不怎么说我。长大后，他说小孩子打架，只要没伤着人，就不必管他们，他们的世界有他们解决的办法。只有一次很严重的打人事件，一个女孩因为是班长，小朋友们都围着她转，但我没有，她总是想各种各样的方法整我。小孩子的世界和大人的世界其实没有什么不同。一次她居然编了一首歌，把王二小还在山坡吃草，改成我还在山坡吃草，我压抑许久的怒火终于控制不住了，一拳打了她的鼻子，血流不止。老爸被叫到学校，被老师教育了半天，回来以后老爸和我谈了，我也很委屈，爸说："她骂你，你可以当作没听见，实在不解气，也可以骂她。但是你不能动手，如果你把别人打坏了，你无法对她的人生负责，也无法对你的人生交代！"考重点中学，发榜的时候，我一再叮嘱爸妈都别去，因为没有自信。当我看见我的名字赫然写在红榜前面时，后面一排小字：以上同学家长请去办公室开家长会。我先是惊喜，然后非常着急家长没来，猛一回头，发现老爸站在不远处微笑着看着我，后来他说："我知道你一定会考上的。"虽然考上了，还是要交很多借读费，三千元对当时的我家来说，是一大笔钱。很多人准备看我的笑话，周围就有人考上但是家长不愿意出借读费，而老爸平时又很节省。但是老爸很高兴地交了钱，回来只是说了一句："没有收据。"高中我在背地理各省的简称，边背边抱怨，爸看见了说："有这么难吗，我看看。"我说你看不懂，爸说那你考考我吧，结果都答对了。我还是抱怨这些知识大部分以后不会用到，爸爸语重心长地说考试制度对我们普通人来说是最公平的！

老爸平生最爱是股票，老妈说因为他懒，可是朋友说聪明人都懒！老爸也是人，也有人性的弱点——贪，但他特别之处就在俗与不俗之间，不患得患失。每次大跌几乎都是一夜回到解放前，但老爸很淡定地该干什么干什么，心情一点儿都不受影响。一次爸很平静地看着走势图，对我说："你知道我为什么这么喜欢股票吗？因为你永远都不知道明天会发生什么！"我听到《这个杀手不太冷》的片尾曲，忽然想起了爸：他若有所思地玩牌/他打牌从不迟疑/他打牌不是为了赢钱/也不是为了赢得尊重/他打牌是为了寻找答案/那神圣的几何变化，寻找那可能结果中隐藏的法则……小丹说：我知道你爸为什么总是很平静、慢条斯理的，因为人家每天心里经历的可谓是惊涛骇浪！当年爸帮我炒股票，挣了一笔钱，爸说："你把这笔钱用来炒股，全部赔完，那时你就学会了。"结果我投资了别的，现在那些也不是自己的，想想爸说的，其实是给自己投资，让自己增值，这个谁也拿不走，这才是真正属于自己的财富。妈说："你爸就是赚了钱也没劲，不花！"爸说："你们娘俩儿一个比一个傻，所以想给你们多留一些……"平时说话像机关枪一样的老妈一时无语，眼里闪着泪花。一次回西安，爸以前的同事拉着我说关于老爸的往事，她说你爸以前从院里的阅览室借书，是一排一排的借，他没事就喜欢看书，不喜欢应酬。有时候领导训话，他就静静地听着，然后平静地说："你说完没，说完，我就走了。"领导也觉得没意思。但我从这段话得到的信息是，远见和智慧并不等于书本本身，然非多读书多穷理，不能有远见和智慧。爸给我讲过他小时候，奶奶本来已经把他送人了，那家答应让他继续上学，但是去了只让干活不让上学，他就跑了几十里路回家了。后来爸送给我很多小人书，妈说都是他自己养的鸡，下了蛋卖掉买的书。爸同学来做客，谈笑间说："你爸爸可聪明了，每次都考第一，有一次他给别人抄他的卷子，结果两个人都被通告了。"大家都哈哈大笑，爸微微笑了一下，脸上是一种饱经世事后的安详，真正知道了大悲大喜，反倒是无话可说的啊。爸自从离开故乡汉中，半个多世纪再也没回去。初中为了躲地震，我和奶奶回去了。回来的时候，爸问："你去村后面那条小河没，我小时候经常去那里捉鱼；你看见那个祠堂没有，那是我的小学……"

两岁的猪宝跑过来说："姥爷、姥爷，没了！"我吓坏了，跑到客厅，看见老爸嘴里嚼着东西，慢悠悠地说："他给我看他的吃的，我尝一下好不好吃。"宾馆餐厅，服务员让我们给猪宝打票，爸塞过来一张票，我们诧异地看着他，他说别人给的。别人给的？在我们的追问下，爸说早上吃完饭在酒店门口散步，一个着急赶火车的人把早餐券给他了，说："大爷，你去吃个早餐吧。"老妈又生气又心疼地说一定是老爸穿着朴素，人家看他可怜。我问爸："那你说什么？"爸说："谢谢你！"一颗难得的平常心！

刚工作时，我买了一架摄像机，对着老爸让他说点儿什么，老爸以一贯的风格慢条斯理地说："你的问题，是一个再教育的问题！"朋友写的诗：小时候跌倒了，看看有人没/有人，哭，没人，自己爬起来/长大后跌倒了，看看有人没，有人，哭；没人，自己爬起来。无论小时候，还是长大后，每次重重地跌倒后，老爸都会说："你尽管向前走！没事，有爸呢。"想来美国访学，想想爸妈都年近七十，自己又是家中独女，可和爸一说，他非常高兴，说："你小时候看电视，问爸爸，什么是访问学者，你长大以后要当访问学者！爸爸在有生之年终于看见你实现了。"爸爸，那我还有一个想法，就是要把我们的故事写下来……

都说水瓶座一生都被天王星守护着，而这颗星星很多人一生也许都无法遇见，那么老爸就是那颗守护着我的天王星！

丁丁

我一个人拿着地图，坐上了去波士顿的火车前往向往已久的哈佛大学。火车上，我脑海中全是少年时代好友丁丁的样子。十四岁的她双手紧握车把，眼睛清亮如水晶，说："你知道吗，以后我要上哈佛大学。"我很惭愧，因为十四岁的我不知道哈佛大学在哪……

其实我和丁丁在小学就认识了，刚上学的时候我天天在座位上练签字，觉得以后可能要出名。丁丁趴在我旁边问："'媛'怎么念？"我才恍然大悟，你练得再好，人家不认识，怎么名扬天下啊。不惜重金，改名！而整个小学六年我和丁丁可能也就有过这一次交集，小学毕业我考上了附中，丁丁是初一下学期转到附中的。说起她当年为什么没考上，简直成了个笑话。考试的时候，她只做了一面试卷，谁知道附中是那么节省，临交卷的时候，猛然一翻背面还有题，这回她哭了。其实人生中很多时候，坏事来得越早越好，正因为中间有了这样一番周折，失而复得，丁丁反而比我们更加珍惜这难得的学习机会。我们几个从同一所小学考来的同学，关系反而比以前在小学时亲密多了，所以我才和丁丁有了更多接触。第一次去丁丁家时，我被她妈妈的书房震撼了，我慢慢地走过去用手抚摸着这长长的一排书柜，就像《霸王别姬》里小豆子第一次听见名角唱戏一样，怎么会有人看了这么多书啊！丁丁妈妈毕业于西北大学中文系，是一家出版社的社长，贾平凹的同学。而在少年时代，那个无限渴望交流的年纪，丁丁看了很多书又无人交流，于是就硬把书借给我，让我看完以后和她交流，她对我的教育简直是填鸭式的，有时甚至打电话给我朗诵她喜欢的文章和段落。我至今仍然记得丁丁拿着电话给我朗诵王小波《一只特立独行的猪》、《荷兰牧场和父老乡亲们》，她就像广播员一样深情播放，而我就像歌曲《童年》中那个等待着下课、等待着放学的小学生，心想，这人可够烦的。但我不得不承认，当年这一切就像种子一样种在了我心里，在不知不觉中生根、发芽，也许十年、二十年后忽然破土而出……在我们高考报志愿时，丁丁妈妈和我老妈两人就像遇见知己一样，抱怨女儿们没有选择自己设定的道路！丁丁妈妈想让丁丁学中文，我妈想让我学理工科土木工程。等高考成绩时，我和丁丁一起去了北京、山东，本来我妈还不放心，可丁丁妈妈说有什么不放心的，本来还想让我们两个人去欧洲呢。故宫，暮色苍茫，我坐在三大殿的台阶上不肯走，叹息道："这居然是一家人住的地方？"丁丁说："对呀，只住过两家人。"山东曲阜，孔林，我租了一辆自行车带着丁丁在坟地里转悠，越到孔林深处越安静，安静得能听到自己的呼吸声，我怕遇上鬼又哇哇大哭，丁丁推着车把我拉走了，回去后她告诉她妈妈这件事，她妈妈感慨道："这就是当代青年啊？"

我们考上了同一所大学，在一墙之隔的两个系，金融系和医学院。除了经常见面之外，丁丁还给我写信并附上回信的邮票。信中除了对书的感悟还有对时事的点评，她妈妈谈事的时候总是把她带在身边，她听到大人们的讨论也有一些自己的想法。她约我去兴庆公园，我以为是踏青，她说是一起寻找生命的意义。夕阳西下，我们背靠背坐着，讨论着生命的意义到底在过程，还是在结果……丁丁让我看周国平文集，本来我看不太懂，但那时候我刚好经历了一场单相思的感情，等我再看的时候，一下全懂了，简直是字字珠玑；也明白了《傅雷家书》里傅雷说傅聪弹琴总是少点什么，因为没谈过恋爱！还有为什么纪伯伦会说：生命的确是平庸与黯淡，除非有激情；一切激情是直撞与盲冲，除非有知识；一切知识是庞杂与纷扰，除非有实践；一切实践是空洞与虚幻，除非有爱！我让丁丁分析分析为什么那个男孩说："你有一种别的女孩、一般的女孩没有的灵气。"但他为什么不喜欢我？丁丁说："其实你长得并不丑，可是你看你动不动就把嘴张那么大地笑，古代都讲究笑不露齿，你连牙床都露出来了，一点儿女人味都没有，试着改变一下吧。"

后来小丹说："你知道吗，丁丁在你人生的某个阶段，给你当过人生导师呢！"是啊，她的一颦一笑浮现在脑海中，纯净的朗读声又出现在耳边，然而，优秀的学生必将超过老师！2009年，已经七年没有联系我的丁丁，忽然来北京约我在西单见面。彼时我正准备报考中文系研究生，我在地铁口等她，当她出现在我眼帘时，仿佛从时空隧道里走出来，牛仔裤、背包、马尾辫，一双眸子清亮如水晶，一如当年！而我看着她，一点点儿靠近我，我早已笑得露出了牙床，也一点儿都没变。已经读到医学博士的她，文学已然成了年少时的一个梦，她问："你终于弃商从文了，那你看过一本叫《文心雕龙》的书吗？妈妈说写得特别好。"我脑海里闪现着刘勰说过的每一话，云淡风轻地说："看过……"

三位数学老师

我上小学高年级的时候，教学大纲发生变化，以前很较真的乘数和被乘数，因为乘法有交换律，所以不再有意义。我想起二年级一次考试，我几乎全错，因为我总是分不清如果每箱有三个苹果，现在有四箱，那么是3×4、还是4×3。当时数学老师发现怎么也给我讲不清，就把我单独留下来，我们一人搬个小凳，皂角树下，一位像我奶奶一样的老师，和八岁的我一起研究到底是3×4、还是4×3。皂角片片飘落，落在我们身上。多年以后，每当我想起这一幕都觉得很美好。

四年级开始学算盘，另一位老师教我们一边念口诀一边打算盘，因为对口诀不理解，所以我打算盘的动作和口诀也对不上，就像滥竽充数一样坐在同学中间。正当我战战兢兢，担心出错之际，老师在我身旁停下了，当她发现我根本不会时，给我讲了几遍，但是我由于过于紧张还是不懂，她就没有耐心了，拽着我的红领巾，把我从座位上一直拽到后墙扫帚堆旁边推倒，同学们的嘲笑，老师的冷眼，那是让我刻骨铭心的一幕！后来每当我看见小学老师招聘信息，要研究生、要博士学历时，我就想：对于小学老师来说，最重要的是有爱心，你要爱孩子、爱教育事业，不然再高的学历也没用。回家后，我写了平生第一封信，对出差的妈妈说："妈妈，你快回来吧，教我打算盘！"没有人在意这封信的内容和背后的故事，妈妈只知道女儿会写信了。

六年级升学，大家都在议论如果想上重点中学，就要学奥数。为了让同学们参加华罗庚数学竞赛，学校也举办过奥数班，但竞赛结束后，奥数班也不了了之。后来每天晚上，我和几位同学就去找讲奥数的康老师，他在办公室边批改作业边给我们讲题。他不改作业的时候，给我们布置完题目，就在桌上涂涂画画，不知道在搞什么。过了一段时间，才发现是给我们精心制作听课证。还一本正经地说以后听课要带上，其实他也还是个刚毕业的大男孩呢。有时候去早了，康老师还正在单身宿舍炒菜，我们几个就硬把他拉到屋里休息，康老师看我们小小年纪还很懂事，也很欣慰。班主任知道后，让我们不要再去找康老师，因为他不是我们的代课老师，那样会打扰别人的工作和生活。一天，我们还像往常一样吃完晚饭去学校找康老师，半路上发现我们班主任在路上堵我们，我们反应迅速马上卧倒在冬青旁边，等班主任走了又继续去学校。就这样披星戴月学了几个月，转眼就要升学考试了。爸妈对我考上重点中学没有信心，就去问康老师，康老师说他每天早上一到办公室，就发现我把前一天晚上他布置的题做好并压在他的茶杯底下，康老师觉得很感动，告诉爸妈只要我发挥正常，一定能考上。在激烈的竞争中，最终我和同桌都考上了著名的附中，其他同学也分别考上了其他重点中学。我现在抽屉里还珍藏着当时康老师给我们做的听课证：康氏智力开发有限公司1号学员！

小妮

琛说她上小学前在一个地方待过，我问是哪儿，她说说了我也不知道，略阳不是洛阳，我还真知道呢。

上学前的半年，母亲出差，老爸还没有调回西安，于是母亲把我送到略阳舅舅家，舅舅为了省事把我送到学校，把学校当托儿所，还骗老师说我上过学。因为是一年级下学期，所以我根本就跟不上，第一次考试考了八分，我和另外一个三年都考零分的留级生互相嘲笑着回来了。因为个子小，又是外来的，同学们都欺负我，尤其是男生，站在桌子上把腿从我头上跨过去，据说这样就再也不长个儿了，我在人群中既尴尬又害怕，这时小妮走出来站在我身旁对大家说："你们不能这样对待新同学。"然后她很紧张地对我说："你赶快跳三下，不然以后就不长个儿了。"从此我们成了朋友。舅妈买了一斤糖，每天给我一颗，我马上就考察到具体"窝藏"地点，把剩下的都拿走，谁跟我玩我就给谁吃糖。小妮拿到糖后说："我想留给我弟弟吃。"很快糖散完了，朋友也散了，只有小妮还在我身边。

一天雨后，小妮找我玩，我们荡秋千一起摔下来，里外衣服都脏了，小妮倒不怕，反正家务都是她做。我很害怕，回到家默默地坐在角落里，舅妈舅舅喊我吃东西我都不动，后来一动他们发现我衣服都脏了，舅妈很生气正要说我，看我哇哇哭了，她也就不好说什么。渐渐听人说小妮爸爸早就因公殉职了，后来妈妈身体也不好，家里还有个弟弟，所有大小事情都靠她一个人，她很少有时间玩。

一次班里男生问我会削铅笔不，其实我不会，但非说会，那个男孩就坐在我对面看，我一刀飞出去就给他削了"双眼皮"。老师来了，同学们也围着我们，那个男同学的高年级姐姐从楼上下来就给我两巴掌，我顾不上疼，内心充满了恐惧，作为班长的小妮也是又气又心疼地看着我。我不敢回家，舅舅到处找我，大雨中只有小妮陪着我。那个男生的爸爸因为和舅舅是工友，所以也没追究此事，而我也要回西安正式上小学了。

五年级的时候我又来到略阳，小城还是那个小城，我已不是懵懂无知的那个我了。我又见到了小妮，小小年纪就被生活压得喘不过气的她，在见到我的一瞬，眼里还是闪着光彩。我们走过曾经的校园，也没有说什么，然后她妈妈就叫她回去干活了。后来听说她辍学了，给厂里当邮递员，长期卧病的妈妈去世了，她还要抚养弟弟。

初中语文老师

刚从陕西师范大学毕业的二十岁的陈老师和十二岁的我一起来到了那所号称"天下第一"的附中，我们是附中第一个五班。学校要求下午加一节课，陈老师觉得把那些课本上的东西翻来覆去地讲也没意思，便给我们开设了世界文学名著导读课程，从而带我走进文学殿堂，那个时候我还不知道这扇门是那么丰富和深邃。我至今认为评价一位老师的好坏，不在于他教了什么，而在于他把对知识的热爱传递给了一代又一代的学生！

我记得陈老师是以背诵《春江花月夜》开场的，当时听她讲完后，我好几天都神情恍惚，"江月年年望相似，不知明月待何人。"这和我以前看的书是那么不同，但又说不上来，好多年后才明白那就是美，是文学艺术的魅力和美感！陈老师又陆续给我们介绍了欧·亨利、莫泊桑、大仲马、小仲马等等作家，每次我和同学们都焦急地等待放学去寻书、买书。然后看完，再一起交流，放学的路上，你一句、我一句背诵自己认为经典的段落。西北大学门口有一排书店，即使不买，在书店里站着看会儿书，或者听听爱书的人聊书、评书也是一件愉悦的事情啊。我就是在他们一次热烈的讨论中，知道卡夫卡的，当时买回来根本就看不懂，但也如获至宝。一次家长会，同桌的妈妈对同桌说："你要向同桌学习。"同桌满脸不服气地说："学她什么，学她上课看《茶花女》？"是的，我看着陈老师介绍的浩如烟海的书目，发现即使一个人一生什么也不做，也无法把世上的好书读完。既然时间有限，那么就要多读书、读好书，我渐渐觉得语文课本除了几篇古文还不错之外，实在是浪费青春和时间。课堂上老师忽然提问："遐想的遐什么意思？"我根本就没听见叫我，站起来也茫然不知所措，一个人抱着书，书我两忘。我的确正在"遐想"，我没日没夜看了好几天《静静的顿河》，大家在分析课文"老杨同志"时，我仿佛站在顿河河曲，经历着葛里高力和阿克西妮亚如史诗般的爱情和哥萨克的战争，令人荡气回肠！音乐课上，老师问："谁是语文课代表，请把这句古文翻译一下——在心为志，发言为诗……"后来我才知道，那句话出自《毛诗大序》。

刚从事教学工作的陈老师，如果只是从考试成绩来考量的话，五班总是最后，得不到领导的肯定。可我一直认为语文的学习和阅读分为两种：一种是实用性的，知识的补充和技能的提高；但我更喜欢另一种阅读，那种看似与学习和写作都无关的阅读，哲学、艺术、自然科学、传记等杂书，从来不带任何目的去读，只是喜欢，看上去似乎也毫无用处，但却如甘泉般沁人心脾、滋润你的灵魂，潜移默化改变你的思维方式。它的作用是长远的、无形的，就像种子种在心里，也许十年、二十年后才开花结果……

解花人

莎莎从澳洲发来图片：什么花？我转发给翔：什么花？答：九里香。莎莎几次问我之后，我不禁忽然想起和翔的回忆里，确实都是和花在一起的……

大学课堂上，我在看小说，翔在看生物学课本。以前从来没说过话的我们，瞬间觉得很亲切。我对翔说："你觉得某同学长得像不像皮皮鲁？"翔说："你觉得政治老师像不像鲁西西？"就好像地下工作者对上暗号一般，我趴在桌子上不停地笑。后来同学告诉我，翔也经常一个人看电影，倒不如你们一起看好些。结果，当我激动地点评一部电影时，翔面露不悦地说："背景里那些植物根本就不会长在那些地方，显然他们选景时不用心。"春天的时候，翔约我去植物园。他看见每一种植物都像是与朋友久别重逢似的，给我一一介绍它们的花期和特点，像是在介绍自己庞大的家族，怎么会有白色的桃花？你不知道啊，那我们就在这里照张相吧。我在樱花树下剧烈摇晃树干，花瓣乱落红如雨，然后让翔给我照相，他很无奈地说："其实你等花瓣自然地飘落下来，或许更美。"从二月到四月的每一周，翔不用看就知道城墙边哪些花开了，然后我们一起去赏花，而在这之前我从未注意到环城公园居然如杜丽娘的后花园一样，是这样一个姹紫嫣红、春光无限的所在。不到园林，怎知春色如许！翔和我在大雁塔高档社区附近散步，他说：这么高档的小区，绿化却不尽合理，如果如此这般安排的话，一年四季花期会不停的，翔去我北京的家里，问怎么没有绿色植物？我说都养死了，翔一脸无奈和黯然，他一定在想：没有植物，人生多无趣啊！就如我对文学的感受一样。

翔把他朋友介绍给我，因为他非常喜欢兰花，姑且叫他兰花吧。兰花说他舅舅做兰花生意二十多年，并且只养兰花，对各种兰花的品性了如指掌。我当时却想起小津安二郎那句——我是个卖豆腐的，我只做豆腐。一辈子做一件事，专注是一种品质。多年不见，翔说现在兰花可是富二代了，有些傲娇，和从前不太一样。我们一起出去玩，我和翔叽叽喳喳不停地说话，兰花把车内音乐声量调大，我和翔心照不宣地提高嗓门，压过去！兰花无奈地说："恕我直言，你俩还真是一对活宝。"下车后，兰花和我聊了一会儿，上下打量了一下我，然后忽然用手拍了一下我右肩，说："你还真是胖了，刚坐在车里，我没看出来。"我看着兰花一副潮男的样子，但眼神干净、清澈，和几年前给我讲解兰花时一样……

来美国前，翔在楼下等我，我下来的时候，翔指着对面楼上的迎春花说："没想到今年开得这么早！"

给侯嘉悦小朋友的一封信

侯嘉悦小朋友：

今年你应该已经十六岁了，抱歉我还是叫你小朋友，因为我对你所有的记忆都停留在九岁的你……当时我刚参加完研究生复试，带着喜悦的心情回到北京，结果猪宝住院了，我连家都没回就赶到病房。我的眼里只有我儿子，一开始我并没有注意身后的你，直到有一天，我喂猪宝吃药的时候，猪宝哭闹不吃，你的声音从后面传来："弟弟，不要怕，你看就像我这样一口就吃下去了。吃了就不咳嗽，病就好了。"然后就是短暂的相处，你的纯真、可爱、懂事和对汉语的热爱，让我感动不已，似是故人来……

在病房时，你一直在看书，即使输液也不例外，我瞥了一眼你看的童话，是文学家兼翻译家郑振铎翻译的。你躺在病床上，一边输液一边看书，合上书本，静思冥想，忽然忽闪着眼睛问我："阿姨，你说是不是每个国家的人都喜欢他们的语言啊！我太喜欢我们的语言了，我不想学外语。"我当时被你感动得一时间说不出话，怔怔地看着你，半天才冒出一句："是的，但是为了更好地了解自己的语言，还要把外语学好。"你奶奶为了照顾你，病倒了，奶奶躺在你的病床上，你爸爸妈妈那天刚好没在，你惊恐万状，但还是给奶奶倒水、用毛巾热敷，我拍拍你说："没事，病来得快，去得也快。"你哇一声就哭了，说："我不要奶奶死！"我笑着说："傻孩子，不会的，相信我。"果然，你奶奶休息两天就好了，等奶奶再回来照顾你时，你反而更珍惜她了，有种失而复得的感觉。可是弟弟的病却不见好，我很焦虑，你依偎在我身边说：

"阿姨，你不是说病来得快、去得也快吗？弟弟很快就会好的。"然后就坐在弟弟旁边给他讲故事，当时我从你爸爸眼神里看到有一点儿担心，因为你快好了，弟弟还病得厉害，怕传染你，可是你又是那么善良、纯真。你认真地讲，弟弟似懂非懂地听，时不时呵呵地傻笑，不知道是在笑故事，还是笑你的样子。你把心事告诉我，说："阿姨，我这次生病刚好学校开运动会，爸爸说少耽误课，可我真的特别想参加！"我说："有得有失，如果你不在这里，我们怎么认识？"你马上就笑开花了，你的眼睛并不大，但是透着一股灵气。我在医院门口吃午饭的时候，非常感慨和你的相遇，提笔给你写了封信，可等我回来，你的床铺空荡荡的，你已经出院了。我手里拿着信，怅然若失，也许是缘分吧，第二天你爸爸来病房找落下的东西，我就把信交给他了。信中嘱咐你："的确，汉语在语言的世界里就是一颗宝石，他炫目的光彩吸引着各国人民，但想学好它，光聪明是不够的，还要非常勤奋，还有一定要学好外语！"晚上接到你的电话，又听到你清亮的嗓音，我很高兴，你很懂事地说："阿姨，爸爸说你没有时间，可是我真的特别想跟你说几句话；阿姨，你写的信真好，阿姨我以后可不可以给你打电话……"

　　然后我们就再也没见面了，我想告诉你，在离开你的日子里，我遇到无数和你我一样热爱汉语的人，包括现在的汉学家西蒙老师，他说："我就是长了一张洋人的脸。"上课时，他自由娴熟地在中英文之间随意切换，讲到会意处又自我陶醉地呵呵笑！此刻，在这个异国的早春，我非常非常想念你，想到七年前那个清晨，你边给奶奶梳头边说："奶奶，你头发越来越少了……"阳光映着你纯真的脸庞，我觉得美好得不可思议……

"大厨"茹

我一直坚信很多事情老天自有安排，不必强求。博士分宿舍时，我被分到了一楼阴面。说实话，一打开宿舍门，一股晦暗潮湿的味道扑面而来，室内也很凌乱，室友还没有来，我扭头就回家了。

第一次见到茹，是上完课回宿舍，一开门她在打扫卫生，我们就相互自我介绍了一下。一切开始得都是那么自然，我们一起去操场散步聊天，仿佛是已经认识了很多年的老朋友。我去食堂打了麻辣烫，茹说："你真的爱吃吗？我在宿舍就可以给你做，食堂太贵了，也不可口。"此后茹在宿舍就给我调味碟，用鸡汤煮麻辣烫，还给我炒她妈妈从湖南寄的腊肉。我渐渐意识到我的室友是一位"大厨"，宿舍已经施展不开她的才华了。于是我们每周抽一天去我家做饭，一开始是我把菜买好，茹来和我一起做，后来茹发现我挑的菜并不好，美味的第一步就是食材啊。后来，我就带茹去早市买新鲜的食材，茹教我怎样挑选合适的菜，比如买肉，根据需要不同买的部位也不同。我和茹也经常下馆子，把五道口都吃遍了，我们不只是吃，而是在研究菜谱。每当吃到美味时，茹一口下去慢慢地品，然后告诉我里面可能放了哪些食材和调料，然后我们回家再一起研制。一次请同学来我家聚会，原计划是茹当主厨，我当助手，但茹临时有事来不了，我一下就慌了，茹在电话中鼓励我说："别害怕，你看我做饭这么久，我相信你能撑起场面。"后来我居然真的一个人做了一桌菜，我马上发图片给江南小美女，因为她曾经质问我如果有朋友来，我是否能做一桌菜，我当时无言以对。大部分同学都不怎么会做饭，对茹的厨艺才会叹为观止。茹淡淡地对我说："我并不觉得这有什么特别，我十几岁的时候就能做一桌菜了，这是一个人生活最基本的技能。"我很欣赏茹这一点，大气、接地气、能吃苦，她说导师就是看上她这一点，因为方言调查可是实实在在地下乡记录发音，一住一年半载，茹说在云南和越南边境调查少数民族语言时，她的身上经常被蚊子咬得大包小包。

毕业的时候，茹预感到可能无法留在北京了，在校园里漫步看见美景，茹就说："你给我照张吧。"我心里也觉得很伤感，最终茹还是去了昆明。我对远方的她说："虽然朋友是一世的，但能陪你肩并肩走的却只有一程，感谢这一程有你相伴！"

可敬可爱的戴老师

戴老师是茹的导师，八十多岁的语言学家。他经常说不要再出去吃饭了，浪费时间。因为每次我看见茹没日没夜地写论文，就想拉她出去散散心，但是戴老师的电话总是在这时如期而至。

第一次见到戴老师是在茹的宿舍，戴老师来北语做讲座去看看茹，我拿了好多好吃的零食摆在桌上想让戴老师吃，结果戴老师看见后神情忧虑地对茹说："你平时就吃这些，会发胖的。"我和茹哈哈哈都笑了。茹写博士论文期间几乎每隔两三天就去戴老师办公室当面修改，每次回来我们都会聊会儿戴老师，对老师的做人境界高山仰止。戴老师做事非常在意别人的感受，这都是我们应该学习的地方，因为平时我们都不考虑别人。茹说，老师有一次让她送一些水果给楼下的门卫，因为找他的人很多给人家添了很多工作。当时茹一手拿着垃圾，一手拿着水果，走到楼下，戴老师说："你把垃圾给我，这样对别人不礼貌。"茹回来对我说，她完全没有注意到这个细节。她还告诉我当年戴老师去她原来单位时，走的时候对接待的司机说这些天辛苦了，这位司机很感动，因为大部分人都觉得这是份内工作，只有戴老师关心温暖过他。我不禁想起苏轼的话，你观察一个人，不要看他对比自己地位高的人怎么样，而要看他对不如自己的人怎么样。"

有一次帮茹给老师送书，其实我觉得特别荣幸，结果戴老师反复对我说："耽误你宝贵的时间了。"说得我又心虚又惭愧，一直以来，虽然我对文学无比热爱，但就是缺乏老师这种日复一日、年复一年的钻研精神。茹说老师年轻的时候其实很喜欢拉二胡，后来为了语言学都放弃了。有一次别人送给老师一个二胡，老师摸了摸就把它放在床底下了，我心里觉得挺伤感的，老师把一生都无私地奉献给了他心爱的语言学事业。后来戴老师又特意送我一套文学方面的书籍（因为语言学我看不懂）。

茹毕业后几个月，恰逢和戴老师一起从云南来北京开会，路过北语。茹迫不及待地想见到我，戴老师看着这一幕说："你有这样的朋友，我也为你高兴。"然后慢慢地从口袋摸出一个月饼说，"这个给胡元。"我拿到月饼后非常兴奋，反复确认：这真的是戴老师送给我的，是真的吗？老师还记得我呢。刚来美国的时候，千头万绪很多事情要处理和安顿，有时候都心慌得睡不着，茹发来短信："戴老师问你，一切都顺利吗？"身在异乡，看见这条短信我很感动，因为和戴老师不过几面之缘，老师日理万机，百忙之中还惦记我。如今看见茹发来老师照片，神采奕奕、精神矍铄，很为戴老师高兴！

相见不晚

刘老师总是说和我相见恨晚，我坏坏地笑着说只是相知晚，相见并不晚。来美国的第二天，我就见到刘老师了，她是东亚系和孔院的教授，气质优雅，光彩照人。我没有太多留意她，一是当时刚来很焦虑，二是觉得身份悬殊，也许可能是师生，不可能产生友情。

正因为有过一面之缘，在买车之前刘老师打电话问我需不需要帮助，我很感动，但想到她工作繁忙也不想麻烦她。真正开始接触是半年之后，秋天到了，刘老师告诉我有很多风景秀美的地方，愿不愿意一起去。长岛庄园，秋天的落叶铺满一地，一下车她就像孩子一样跑到最美最红的树前，眼神里全是对大自然由衷的赞美和欣赏，我说："那我给您在这里留个影吧！"她显然非常高兴，风采奕奕，围巾随风飘起映着红叶，阳光照在她脸庞上，我完全忘了她的年纪，也不知道为什么心里泛起一种莫名的感动。刘老师说她最喜欢我给她照的相，一看就非常用心。后来去大熊山，我们也结伴而行。漫山红遍的大熊山，大部分人都去登山了，我俩静静地绕着山下的湖漫步聊天，彼此之间有了更深入的了解。我们发现虽然年龄相差很大，但是却有说不完的话，最重要的一点就是我们都有着对中国语言文学的热爱。记得一次我把汉字比作钢琴键，刘老师很不满意地反驳了，她说钢琴键是没有生命的，汉字无论从形态上还是表达方式上，都是那么美妙迷人，具有无限的生命力和创造力，如同京剧的水袖，千变万化，魅力无穷。钢琴键和水袖，表面上看是修辞方法上的改变，实质是感情张力的不同。我平时说话有点儿大舌头，刘老师忍受不了我亵渎汉语，不断地纠正我发音，她说："汉语每一个字词说出来都有特定的节奏和韵律，你的汉语发音很容易让别人对你所表达的内容产生误解。"刘老师经常夸我很诗意，可我其实不会写格律诗，她古道热肠，马上就给我讲授诗词格律，我以前对书上很多细节不理解，而书上可能因为牵扯到语音韵律不好讲，便说得很模糊，现在经刘老师一点拨就明白了。刘老师说："一位好老师就是要讲这些书上讲不到的。"

刘老师想给我做服装指导和形象设计，有空便拉我去商场买衣服，本来我以为是陪她逛街，结果发现她一直在为我挑选衣服，她就是真心地、迫切地想改变我的形象。她说："你是个内心那么美好的人，为什么穿得邋里邋遢的，而不做到"表里如一"呢，你的形象会让你失去很多机会，也反过来影响你的气质和生活状态。"可我还是喜欢随意舒适的衣服，刘老师也就没硬把她的审美观强加给我，就在舒适的衣服里面帮我挑选又别致又适合我的。刘老师发现我不怎么会做饭，就经常请我和儿子去她家吃饭，给我们包饺子。她试图训练我学会一些基本的做饭技能，可是每次看见我笨手笨脚的样子，又很失望，说我真是心灵手不巧，只好放弃了授我以渔的初衷。刘老师知道我是个吃货，每次都带吃的给我，她说她看见好吃的就想给我，看见我当着她的面吃下去就特别高兴。刘老师说怎么没见我给爸妈买东西，我说想不起来，刘老师端详了一下母亲的照片说她来给母亲挑双鞋，她一定会喜欢的。妈收到鞋，果然非常高兴，我告诉了刘老师，她说："我也是母亲，我太理解她的心情了，母亲永远不会向儿女索取，可是儿女回馈一滴水，母亲就会当成大海。"一次和母亲聊天，几句不合就吵架，心情不好不知道该去哪，就到了刘老师家。我本来并没有说和母亲吵架的事，刘老师看我闷闷不乐的样子："说说吧，什么事？"我说："母亲虽然和我有血缘关系，但她从来就没有像您这样懂我，也不知道我是个什么样的人，想要什么，很多想法和观点总是不一致。"刘老师说："可有一点，你母亲无论想什么，说什么，她都是这个世界上最爱你的人。打个比方，如果只有用生命才能挽救你的生命，这个世界上只有她——你的母亲会甘愿为你牺牲生命。"我一下子就释怀了，真的，我老妈会的。我起身回家，刘老师在门口目送我，叮嘱我回家好好和妈妈说话，不要再吵，不要再伤害妈妈了。在那一瞬，我觉得刘老师倒不像是我朋友，而像是母亲的姐妹。

  刘老师一直鼓励我把平时说的、想的以及一些不成熟的思考，落实到笔端，我试着开始创作。这么多年来我最大的心愿就是出一本散文集，截稿之际，我犹犹豫豫地问刘老师能不能给我写个序，无名作者需要前辈的提携。没想到刘老师毫不犹豫地说："我愿意为你做任何事情，我不仅要给你写序，还想给你改文章，你的语法错误、错别字我早就受不了了，糟蹋汉语，糟蹋你的思想。"很多年前，在丁丁家看见她妈妈和编辑同事斟酌字句、审定文稿，我想世界上居然还有这么有趣的工作。这几天，刘老师废寝忘食为我审定文稿，有时我大声朗读给她听，有些字句我自己也感觉到有问题，但具体怎么改却不知道，也无从下手，刘老师总是一下就能看到问题的实质。其实病句和错别字只是最基础的工作，难的是字词句的斟酌推敲。刘老师说汉语词汇那么丰富，为什么你来回反复用那几个词语。于是与我共同探索更生动、更精准的字词。这个过程很艰难，但是却最有成就感，我们经常异口同声说出一个词或一个成语，真是一次再创作和追求完美的过程。刘老师开玩笑说她不仅是审定，还是作者。我看着错误满篇的初稿，对刘老师说："谢谢您，给我的散文穿上锦衣。"刘老师纠正我："语言不是衣服，它就是内容本身，就是思想本身，直接关系到内容是否准确，思想是否有力，思维是否深邃。"

  如何知音实难，千载不遇，星星和星星的相遇要亿万年。他乡遇知音，多谢殷勤我友，能容我傲骨狂思！

我的"女儿"Kelly

因为我很喜欢孩子，所以访学群里的妈妈忙不过来的时候总是让我帮着看孩子，Kelly在众多的孩子中是比较特别的，她很聪慧，当然也很调皮，有一次她擅自把猪宝在电脑里打了很久的游戏软件给删除了，猪宝很伤心。于是他们有好长一段时间没在一起玩，但是时隔半年，等我再次和她交流时，觉得小姑娘很有洞察力和思想。猪宝和小朋友在车上聊一些很幼稚的话题，Kelly很严肃地对我说："阿姨，不是我批评你，像猪宝这样的人才，你却没有好好地培养他。"一直在育儿方面很有成就感的我心里咯噔一下，不是因为被孩子批评了，而是在反思自己哪里做得不好。

Kelly、猪宝和我组成生日聚会筹备委员会，路上猪宝想下馆子，我未置可否，觉得既然马上过生日，下馆子也没什么不可。Kelly说："阿姨，你为什么不表态，要么生日聚会，要么什么也没有，不能让他讨价还价。"我很配合地大声说了一句："No！"说完，我和Kelly都开心地笑了，猪宝没笑。下车的时候，Kelly看着没有笑容的猪宝对我说："都是你惯坏的。"我反问她："既然猪宝这么多缺点，你为什么喜欢他呢？"Kelly坚定地说："因为他有潜力，是块非常好的材料，需要引导，只有靠我了。"Kelly说："阿姨，我也get到你的点了，做事优柔寡断，当断不断，你在该断的时候一定要坚决地说'No'。"我说："其实我的问题我也知道，我这半生在这件事上也吃够了亏，但是还是本性难移。"超市，我推着车，让两个孩子采购，猪宝一包包往里放他爱吃的东西，Kelly又将东西搬出来说："你要买自己喜欢的，就自己在家吃好了，也不用请人，你要买大部分人喜欢吃的。"猪宝又不高兴了，我上来调解说："但是采购委员会的人因为很辛苦，所以可以买一些自己喜欢也老少皆宜的。"我买了冰激凌说待会回去开会吃，猪宝当时说不吃，回去非要吃，Kelly不让。我们边吃边聊，有人问Kelly来美国多长时间了，Kelly说："这个问题你不必知道。"对方明显很不高兴，我觉得这个问题倒也无关紧要，但Kelly说："回答的越多，麻烦越多。"

聚会的时候，有个朋友因为最近事情多，比较烦躁，刚好孩子不听话斥责了孩子几句，Kelly问："你平时就这样对你孩子吗？真暴力！"我问："你不是说你妈也暴力吗？"Kelly没应，我说："你是不是想说你妈妈在该暴力的时候暴力，该温柔的时候温柔。"Kelly点点头。而我和朋友关于她的孩子的问题已经谈了好几次了，都没找到原因，也许Kelly找到了。Kelly让我帮她找到丢失的《哈利波特》，我说："阿姨也送你一句话，一个人的外语水平是由母语水平决定的，你的英文很好这是件好事，但你的中文要比英文还好，不然会限制你以后的思维和发展。"Kelly似懂非懂。

晚上送Kelly回家，她说下周还想找我们玩，我说："好的，我也想找你玩，你可以开发我的智力。"

第三部分

童年和故乡

梦里不知
身是客

我的长安

不知道是从哪一年开始,家门口二十多年的自行车道忽然就变成了机动车道,让我每次回家过马路时对忽然转弯的车猝不及防。静儿说对于我们这一代人来说,自行车满满的都是童年的味道,可以毫不夸张地说也是家的另一种形态。小时候爸骑着自行车带着我在西安的大街小巷开发新的美食和好玩的地方,夜幕降临没有导航的时代,爸带着我一圈一圈地转,找不到回家的路,嘴里还淡定地说不怕不怕,先找到城墙咱们就能回家了。小学报名前一天,爸带我在教室外让我站在自行车后座上,透过窗户跟我说以后你就要在这里学习和生活了,而我当然也不会明白这扇门原来那么深邃迷人,校歌里唱道:"我美丽的校园在古城西南的护城河边……"老妈给我报了学习班,在书院门。让老爸送我,老爸马上给我买了自行车,学车!素描课上,会画小提琴的大哥哥忽然不会画石膏了,把画板扔过来,我惊得什么也画不出来了,因为他长得太帅了,放学的时候,他像一阵清风一样骑车疾驰而过,我想骑车追上去,但是不敢,背景是明城墙、碑林博物馆、唐代的拴马桩……

去年带猪宝参观碑林博物馆，淅淅沥沥的小雨打在青石板路上，槐花片片飘落，妈妈的心中满满的都是回忆，猪宝却很不耐烦，谁让妈妈的故乡是孩子的异乡呢。小时候在碑林区少年宫学素描，课间就去对面的碑林博物馆玩耍，看门老大爷似乎也默许了我们自由出入。我和莉先去对面吃一个没有肉的馍（浇上肉汤一样香），然后再点一碗汤，吃饱后跑到博物馆里数拴马桩。这一切正应了那句诗——当时只道是寻常，现在想来真是美得不可思议。后来我又带外国朋友Irina来参观，她对石碑不感兴趣，因为不认识上面的字；但走进石刻馆，她马上被眼前的景象震撼了，汉唐古、大、拙的艺术珍品充满了那个时代的气息，动人心魄。昭陵六骏面前，有两匹很完整的却是复制品，底下一排小字写着"现藏于宾夕法尼亚大学博物馆"，彼时Irina马上就要回华盛顿上学，她说要去宾大看，眼睛里闪着异样的光彩。出了博物馆，是一排卖字画的小店，Irina挑了两幅字，我至今觉得奇怪，不认识中国字的她一下就选中了"天道酬勤"和"厚德载物"，也许这就是艺术吧，不是写什么，而是怎么写，是否气韵生动、力透纸背！两幅字才四十五块，Irina把钱换开，还了之前借我的十块，店老板很微妙地冲我笑一下说："下次多带人来，还可以再优惠。"

树

电影《致青春》的开头，阳光透过树叶的缝隙洒下来，光线在树影中跳动，然后画外音开始叙述故事。这一幕让我感动不已，牛仔裤，白衬衣，骑着自行车飞驰在梧桐大道上，阳光洒在我青春的脸庞上，那是我的少年时代！

家门口四排百年梧桐，夹着中间的马路和两边的自行车道。整整一条街都被高大茂密的树叶遮挡着，烈日炎炎的夏天，则犹如一条绿色长廊，斑驳的树影覆盖着马路。梧桐树天生就有一种浪漫的气质，高大粗壮的树干又与西安这座千年古都浑厚淳朴的底蕴相吻合。我第一次到石家庄的时候，总觉得这个城市少点什么，但一时又说不上来，朋友说："因为修路太频繁，所以都来不及绿化。"的

确，没有树的城市，就只是钢筋混凝土的世界，生硬而没有生气。一次，我从石家庄回到西安，和朋友在万达广场聚会完，朋友提议说，下次万达再见吧！我有些恍惚，茫然不知此身在何处，但还好有窗外的梧桐树，提醒我这是我的家！川端康成的《古都》，当千重子去北山杉林寻找失散多年的孪生姐妹苗子时，暴风雨雷电来袭，苗子用她坚实的身躯护住柔弱、惊恐的千重子，"苗子的体温在千重子身上扩散开去，而且深深地渗透到她的心底，这是一种不可名状的对至亲的温暖，千重子感到幸福，安详地闭上了眼睛"。于是，我对京都的印象就是：北山杉林、格子门、邸园……

熙熙攘攘、高楼林立的城市中，唯有属于那个城市的树，如高扬的旗帜般为我们引领通往家园的小径。我的家在古城西南的护城河边，紧邻小雁塔，没有大雁塔那么著名，但也别有一份幽静。我每年回家都会去小雁塔走走，去看看"老朋友"，那里面的古柏最少也有八百年的历史，最长的则有一千三百年！我三十几岁的人生在它们这里不过是一瞬间，就像一位长者看着我从懵懂无知到情窦初开，再历经沧桑人到中年。常常都有不同的参观者围着古柏感叹他们的历史，我坐在旁边的椅子上，默默地注视着他们，听着幽远的钟声回荡在寺内，古柏无言，我也无言，想：古柏啊，古柏，你是不是也和我一样在俯瞰人世微波……

书缘

在医院病房，照顾完孩子，我拖着疲惫的身子打开台灯看了会儿书。旁边照顾孙子的奶奶点评道："果然是个读书人，书不离手，手不离书。"的确，在我人生的各个阶段，尤其是彷徨、失落、无助的时候，唯有青灯古卷常伴左右，不离不弃，给了我继续走下去的勇气和力量！

我们八十年代长大的人，对小人书摊一定不会陌生，我上小学的路上就有，一位老爷爷用三轮车驮着几架书，把它们一字排开陈列在街角处，立刻就成了流动的图书馆。小学的生活美好而轻松，我们一般下午两三点就放学了，又没有兴趣班可上，于是这个书摊就成了我们流连忘返之处。虽然那个时候的学生基本上没有什么零用钱，但在书摊租书也便宜得不可思议，薄的一本一分或者二分，厚的五分，而且可以几个人坐在一起看。小人书摊的书不许带回家，如果你今天租了没看完，明天可以免费继续看。可是读书的人都知道，正看到紧要关头，尤其是故事书，怎么能说停就停呢，往往都是老爷爷一边收摊，一边吆喝我们还书，而我们总是眼不离书，手不停地翻，嘴里还要不时应付着：马上！马上！那种感觉现在想来真的很美好，拿着一本书，沉醉其中，天渐渐黑下来而你却浑然不知。这大概就是我与书最早的缘分吧。岁月悠悠，很多人和事都如潮汐抹过的海滩，精致的沙器和昨天的晚霞一起都消逝了，但是总有些甜蜜而微不足道的往事，仍让人觉得很温暖，竟比一些悲欢离愁更令我回味无穷，久久不能忘怀。

我现在回到西安的家中，翻开书的最后一页，大部分都赫然印着"汉唐书店"的印章，那是我大学时代的精神家园，每一本书是在何时，以何种心境下选购的，立刻就浮现在脑海中。一位人大的朋友要写关于意象的博士论文，聊天时我忽然想起一本名为《心灵的图景——中国诗歌意象研究》的书，我大学时在汉唐书店买的。我并不是把它当作学术论文看的，只是觉得有趣。很多朋友说我看书太杂，因为我无法拒绝有趣。因此我喜欢的作者也是像苏轼、老舍、王小波、莫泊桑等那样幽默又懂生活的人。我当时看了一本李敖的《坐牢家爸爸给女儿的八十封信》，心中不禁感叹："真是个大才子啊！轻松自如地在古今中外的典故中穿梭，写得妙趣横生，还满满的都是对女儿的爱。"因为爱才，我找来李敖其他书看，才了解到他是在被关"黑牢"时写下这本书的，什么是"黑牢"？没有同伴、没有光，只能一个人孤单地思考，在"黑牢"里李敖什么都不做，在里面踱步、思考，后来他可以看书、写作了，就写下了这本书。那就不仅仅是才子那么简单了，因为中国传统文人是软弱的，而李敖却不同，有人劝他妥协，他回答："生命虽然是我想保持的，但是如果有比生命更令我追求的，我就会舍生取义。"这才是中国读书人的气节！

在书店看书，一位大妈操着很浓的陕西口音非常严肃地问："有没有那种能够增长智慧的书。"我忍不住笑出声来，但是店员却同样严肃地回答："有，请跟我来……"

第三部分　童年和故乡

往事琐忆——吃

小时候我对吃要求并不高，因为能见到、吃到的东西实在有限，容不得挑剔。我上的是全托幼儿园，从周一到周六。如果是老妈接我，她一定会买一些小吃，放在口袋里让我猜，我最喜欢的是巧克力豆，放在嘴里抿着吃，从来不舍得嚼。幼儿园小朋友睡觉的时候，都将外衣搭在被子上，有一天我把和我相邻铺的男孩放在口袋的巧克力偷吃了，那个男孩倒也淡定，他就像什么也没发生一样；过了几天，午睡的时候，他偷吃了我放在口袋里的棒棒糖，我正准备告诉老师，他说："你上次还偷了我的巧克力。"我最喜欢春游，每次春游前爸妈会给我十元钱，在当时可是一大笔钱，我会把我爱吃的太阳牌锅巴、月亮牌方便面、高橙

等美味买个遍，只是还没等到第二天天亮，我就忍不住吃掉一部分。老爸点评："老鼠藏不住隔夜食。"大雁塔是我们的春游胜地，一次春游老师给我们二十分钟自由活动时间，我和洁一人买了一碗凉皮，我像猪八戒吃人参果一样几下就吃完了，看着细嚼慢咽的洁和她碗里的凉皮，我说我觉得集合时间好像快到了，洁慌得不得了，马上就把凉皮给我拨了一半。我还喜欢家里来客人，当爸妈去送客人出门的空档，我就把人家送的吃的拆开了，爸妈送完客回来很生气也很无奈，本来那些礼品是要像接力棒一样继续送出去的。

我曾信誓旦旦地对老妈承诺："如果有一天冰棍涨到两毛一根，我就不吃了。"谁能料想物价上涨速度之快，远远超出我的想象。当时的物价低得惊人，五分钱一根冰棍，我还用粮票换过冰棍，因为粮票在我眼里是没有价值的，而冰棍却是人间美味，我曾经立志长大要当卖冰棍的。一次舅舅给我买了一根雪糕，我一口一口地舔着吃，结果"啪"掉地上了，当时伤心的心情至今仍记忆犹新。小学门口有个卖冰棍的老太太，一群孩子在上学、放学时都爱围着她，有时我并没有钱，但是站在她的小摊前，她就赊给我一个说等我有钱的时候再给她；而我生怕辜负她这份信任，说："奶奶，我改天一定还给你。"而她已经顾不上我，忙着给别的孩子取冰棍了，我隔天再去买冰棍时就把钱还上了。上中学以后，我就很少再经过小学那条路了，一次我鬼使神差地骑车路过那里，那位奶奶还在，孩子们还围着她，但是我忽然觉得她的脸是那么苍老，白发在风中轻轻地飘舞着，她看着我显然没认出来，在那一瞬我忽然觉得很伤感，骑着自行车飞快地离开了……

一次老爸住院，妈妈怕传染我，不带我去医院，但我坚持要去，因为我看见电视里如果有人生病了，别人都提着大包小包的吃的去看望病人。我终于如愿看到病床上的老爸和床头柜上的吃的，但是老爸说都有病毒，不让我吃。从此我特别想住院，这个梦想在高二的时候实现了，起因是先实现了第一个梦想——吃完一箱方便面，然后得了肠胃病住院，结果是有人送吃的也吃不下，只能喝粥。

后来，物资丰富起来了，我觉得世界忽然美好得不可思议，竟然有那么多我从没吃过、并且完全无法想象的好吃的。当我看到新闻上歌颂改革开放时，我切实地感受到了它带来的饮食上的改变！

含光门

大学同宿舍的外地同学让我带她们好好转转西安,我很惭愧,因为虽然在西安生活了十多年,但是我最熟悉的只有家门口那一带。我的家在含光门所对的含光路,和小雁塔所处的友谊路交叉口上,小学我在含光路上走了六年,中学在友谊路飞车六年。

含光路上,我最熟悉的是从我家附近的省设计院到小学校那一段。家长们总是想不通,总共不到一站地的路程,为什么放学路上我们会走那么久。那每一扇门、每一个门脸前的人物对我来说都比课本丰富得多、可爱得多,课本只是一本小书,而这是天地间的一本大书。我至今仍然记得当年那些门脸和小摊:有柜台的百货商店,有着高大座椅的老式理发店,拐角处的小人书摊,一位残疾叔叔摆的杂志摊,还有我不知吃了多少个韭菜盒子的早餐店,小贩们推着各种各样的小车卖零食,让人流连忘返。那个时候人行道非常非常宽,我们经常是几个人并排蹦跳、嬉闹、撒欢都没问题，紧挨着人行道的是自行车道，机动车道上偶尔过一两辆公交车。现在，人行道和自行车道已经变得窄得不能再窄，机动车道车水马龙，完全没有童年那种安静、平和的感觉。西安还保留着唐代城市里坊的格局，每一个坊就是一个豆腐块。我家所在的位置，三个公路设计院和西北大学在一个豆腐块上。我的小学——大学南路小学，这里的"大学"就是指西北大学。我对罗宗强先生的人生经历和思想很是敬佩，我看先生的经历，二十世纪八十年代有一次他在西北大学开会，我很激动，虽然我在上小学，却是在时空上离先生最近的一次。杜甫的"闻道长安似弈棋"，注释上说是长安像弈棋一样，彼此争夺，反复不定；可我觉得长安从城市格局上说本来就像棋盘啊。含光门附近城墙的空地曾是一片荒草丛生的地方，护城河像臭水沟一样，老爸说他曾经在里面游过泳，我简直不敢想象。政府倡议修建环城公园，得到各界响应，几十万人民参加义务劳动，沿着明城墙修建环城公园，古老的城墙又焕发了青春，后来政府又治理了护城河，现在整个环城公园都成了大家休闲、避暑的好去处。经常有朋友问我来西安必去的地方，我说如果你想走马观花地看看，就去大雁塔和兵马俑，如果你想沉下心来品味、了解西安人的生活状态，就去小雁塔和环城公园。

中学骑车带同学，刚出校门就因为违反交通法规被警察拦下了，并把我的自行车扔到了他们的车上。我当时不知道哪来那么大的胆子，就在他们发动车的同时翻上了卡车，我不能和与我朝夕相伴的自行车分开。卡车缓缓地行驶着，转眼到了家门口含光路和友谊路的十字路口，警察看我在车上不下来，只好停车对我一番教育后把车还给我。我和同学们也曾骑车上城墙，就是从含光门骑上去的，在城墙上边骑车边聊天，那是只有儿时的西安才有，现在的城墙虽然可以骑车，但只能骑管理处的车，多没劲。初中会考，我们学校和六中交换场地，我提前已经考察了路线，从含光门拐进去顺着一条小路就可以到。第二天一早，等我骑到含光门时傻眼了，人山人海的早市，连人都挤不过去，更别说骑车了。其实西安的街道都是横平竖直的，我可以沿着城墙骑到朱雀门，然后拐进去就和之前考察的路线汇合了，可是年纪小没经历过什么事，看着眼前的早市，从车上跳下来委屈地哭了。后来幸亏遇上别的同学也经过这条路，才从朱雀门绕进去。等我们考完试回来，含光门只有几个人影晃动，地上连一个菜叶都没有，仿佛刚才那一切是海市蜃楼，或者《西游记》里菩萨给唐僧一行设的路障似的。后来才知道，含光门早市在每天六点到八点之间,八点一声哨响,所有摊贩收拾好摊位离开。好多年后,有个中学生样子的小姑娘推着自行车一脸茫然地站在含光门附近,仿佛梦游娃娃,怯怯地问我:"姐姐,这是哪啊?"我问:"你家在哪?你怎么会在这里?"她说放学和同学们骑车出来玩,骑着、骑着就丢了,在那一瞬间我仿佛看见当年的自己……

我带着两岁的猪宝第一次回到家乡,猪宝在含光门注视着护城河说:"妈妈,这就是大海,我终于看见大海了……"

静观

每次回西安,我都想把历史古迹重游一遍,但是奈何西安是旅游城市,每次回家也是节假日,人山人海的。后来我慢慢总结出一条规律,等到年根那几天,外地人回家了,西安人在超市忙着采购年货,而我这个亦客亦主的人就可以静观了。

大雁塔，除夕前夜，万籁俱寂，漫天繁星，此种况味，非常人所能领略！因为静，你才会感应到来自亘古遥远的呼唤，你才会发现隐藏在历史背后的真实，就像去一位老朋友家做客，来宾都走了，你和他默然以对！这是白居易以他二十七岁的青春年华，写下"慈恩塔下提名处，十七人中最少年"的地方。和朋友在大雁塔附近的曲江散步，周围都是唐代诗人的雕塑，悠悠地传来唐诗的浅吟低唱，让你想到诗歌鼎盛的唐代，诗人们曲江游宴的盛况！我常常凝思，唐诗繁荣的原因究竟是什么？课本上总是说，唐诗把诗歌技巧已经发挥到了极致，后人无法逾越。那么内容呢？杜甫写了《三吏》、《三别》、《卖炭翁》那样直指最高统治者的讽喻诗，也没事，苏轼却总是因一些莫须有的罪名被抓起来。这是两个时代的气度使然。没有一个朝代像唐代那样包容、大气。鲁迅先生有一篇文章说：当国家强大的时候，用外来的东西觉得是为我所用；当国家和民族内心弱小时，一看见外来的东西就怕被虏了去！在别的博物馆你最多只能看见一段历史的再现，但在陕西历史博物馆呈现的是上下五千年。馆内灯光昏暗，一束束光打在艺术品上，如梦似幻！朋友说，我们其实只感觉到了浅层的东西，有些考古和历史方面的专家，他们看见每一样器皿、物件，脑子里马上会立体地浮现出当时人们的生活方式和状态！家门口的荐福寺小雁塔，每次回去我都会看它，虽没有大雁塔有名和喧闹，却别有一番幽静的韵味。看着千年古柏，听着雁塔晨钟，不禁想起清代诗人朱集义的题诗："噌弘初破晓来霜，落月迟迟满大荒。枕上一声残梦醒，千秋胜迹总苍茫。"不管人世变迁，当你抬头看看天空、日月、星辰，会觉得时间已经静止了，游客围着古柏，而古柏却仿佛在俯瞰人世微波。碑林博物馆，寥落的几个游客，早春的天气乍暖还寒，石碑也显得有一些阴森森的。我和Irina在此流连忘返，蓦然回首，在一排排拴马桩之间仿佛看见我和莉童年的身影。小时候我们在对面少年宫学画，我们画石膏，莉悄悄告诉我，老师在画我，十二岁的我，长发，头上扎了一个大蝴蝶结……课间我们总是把博物馆当成后花园，在里面嬉戏玩耍，每次从大门口蹑手蹑脚地溜进去，而看门大爷假装没看见，即使想拦住我们，我们也边笑边一溜烟跑了。那时候我们最喜欢数拴马桩，后来莉忽然就走了，一句话都没有留下，她爸妈工作调动去了北京。孩子是没有时间道别的，因为孩子本身就是一件行李。都说人生何处不相逢，虽然后来我也去了北京，但茫茫人海，我们再也没有遇见……

两岁的猪宝和妈妈走在护城河边，有人在拍婚纱照，我发现大家都是在每个城市最美的地方纪念这个珍贵的时刻，厦门的鼓浪屿、青岛的黄金海岸、云南丽江……生命就像这条宁静的护城河，表面平静，底下暗流涌动，而孩子永远不会明白：妈妈的故乡是孩子的异乡……

两小无猜

一天，小姑娘和猪宝边走边说："我是南京栖霞人，如果有一天你来南京到我家，到了火车站你先找几路车，然后……"我走在后面忍俊不禁，所谓两小无猜大概就是这般情景吧。

小时候院子里有个回族小姑娘，长得非常漂亮，但我最羡慕的是她有一辆

自行车，因为她上学比较远，她和妈妈一人一辆车骑车去学校。放学后，一院子的小朋友就排队等着骑她的车，我当然也不例外，只是好不容易等到了也只能在院里骑一小圈，太不爽了。有一天，她表哥来了，骑着一辆大点儿的车，和我们一起玩，轮到我骑小车的时候，他说："咱们去大院外面溜一圈吧。"我心里犹豫了一下，虽然有些不敢，但转念一想：怕什么，她表哥让我骑的。于是我们在排队等骑车的小朋友的叫嚷和呼喊声中冲出大院门口，那一瞬不知道为什么特别开心，她表哥看着我开心的样子也笑了。再后来，老爸给我买了自行车，一到周末，她表哥就会来，手把手地教我骑车。时光飞逝，几年的功夫大家都长成了大姑娘、大小伙子，很奇怪，每次她表哥来院子玩再也不理我了，而那个时候处在青春期的我心里也喜欢上了别的男生，很快就把童年的往事忘掉了。

直到高中的某一天，小姑娘带着她参军回来的表哥站在我家门口说："你看谁来了！"三个人才像童年时代一样又开心地在一起散步聊天，虽然那天她表哥什么也没有说，不过就在我开门的那一瞬，就像过电影一样，那些童年的记忆、那些美好的瞬间马上浮现在脑海中……

迷园

我想，每个人的童年大概都有一个像鲁迅先生笔下"百草园"那样的地方吧。站在楼顶，设计院家属院已经被四周高大的建筑物包围了，曾经城墙和小雁塔是依稀可见的。老妈说单位办公楼的所有物品和在职员工已经搬走了，只剩下退休的老职工，也许有一天这里也会被拆掉。长大后每次回来我都觉得奇怪，这个小院是那么小，可是对童年的我来说，它却是我的整个世界！

朋友说："你们城市长大的孩子，童年又有什么好玩的，不就是一个小院吗？"你可别小看这地方，也被我们玩出了千万种可能呢。我嫌猪宝胆小，不敢玩攀岩，猪宝反问："你敢？"我指着姥姥家办公楼的露台说："看见没，我小时候是在那上面走的。"也许是小院真的太小了，地面上都被我们玩遍了，我们

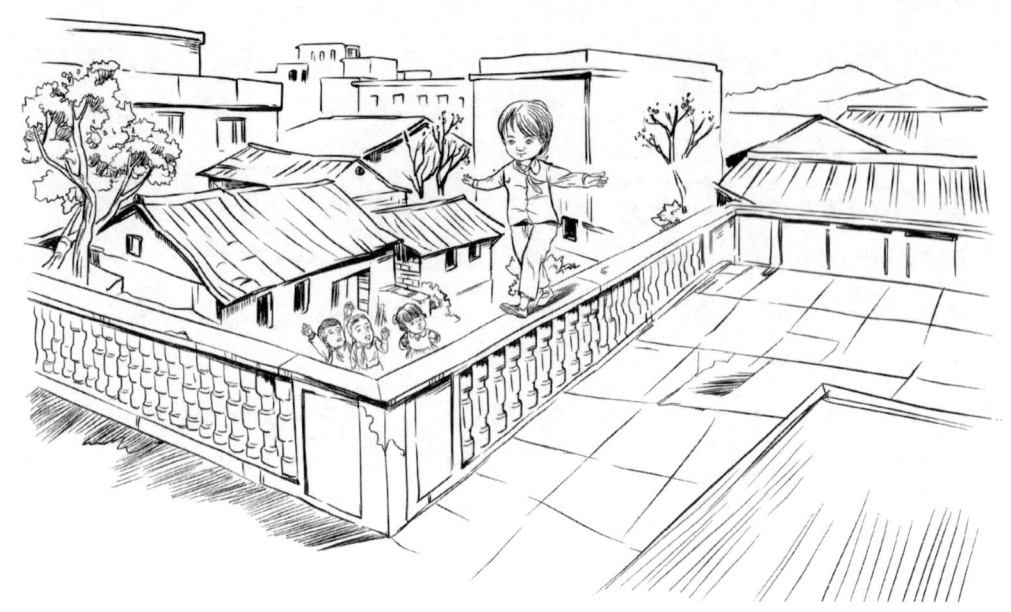

把目光投向了办公楼顶的天台。通往天台的窗子上有铁栅栏,每一个小小的身躯都可以挤进去,起初我们并不敢贸然进去,顶多只是轮流趴在窗子的铁栅栏上向天台望,每一个先挤过去的人都会夸耀着说,从天台上俯瞰是多么壮观,童心是不可思议的,最后连最胆小的孩子也被我们连拉带扯挤过栅栏。每个人在挤过的那一瞬,就好像被解放了似的,绕着天台看四周的景色,当时西安市规定所有建筑不得超过大雁塔,所以这个五楼的天台视觉效果竟如东方明珠电视塔!家长们是不知道的,我们心中既害怕又兴奋,每个人都为拥有一个共同的秘密而心情复杂。但是毕竟天台上什么也没有,等新鲜感过后,小朋友们就有点儿不想来了。为了吸引大家,我在天台最外围的护栏上表演走路,一次老妈同事看见了,对她说:"你看你女儿在干什么!"老妈正准备以她的一贯作风大吼一声,被同事制止了,说:"你别喊,你现在一喊,她一惊就掉下来了,你轻轻走上去把她叫下来。"接下来的一幕就是,我正在表演走、跑、跳全套动作,发现没有喝彩和掌声了,有个离我最近的小孩轻声说:"你妈来了!"我一回头也吓了一跳,赶快从护栏上跳下来。老妈脸色铁青,说:"回家!"其他小朋友大气都不敢出一声,我们都不是坏孩子,可是那时却有一种犯罪的感觉,负罪感明明白白地写在每个人脸上……

院子的正门是一个三米高的大铁门，在那个年代很常见。可就是这么一个功能性的物件，也被我们盯上了。孩子们像猴子一样翻越大门，大门瞬间变成了猴山。你一定奇怪我们小小的身体怎么驾驭大门呢？秘诀就在上面的花纹，踩着花纹沿阶而上，就像攀岩一样。多年后参观厦门大学时，因为过了规定时间不让我们进，一拐弯看见一个小门，我就提议和老爸老妈一起翻过去。这个主意得到老爸的赞同，老妈很矜持，扭扭捏捏地不翻，结果在我和老爸的劝说和帮助下也翻过去了。意外的翻大门经历竟比参观厦大更让我激动。还有，盖楼房挖地基时，我们都会组织探险小分队在工人下班以后去探险，阳光透过树叶在我们身上投下纵横的光影，有些可笑，又有些恐怖。有人说在地基下面发现骷髅头，我们立刻觉得有一种恐怖的气氛，可能有鬼！急忙撤出，一些胆小的孩子脚步慢一些，都快急哭了。每次上来每个人脸上、衣服上都是灰土，但都浑然不觉。有段时间流行荡秋千，一个绳子，一个木板，找个合适的位置绑好就可以玩了。如果你先占据了有利地势，别的小孩就要排队等候，你可以让他们玩，至于谁先、谁后，玩

多长时间都由秋千的主人定。一次我连饭都没吃就把秋千绑好等聚集人气，好不容易孩子多了，我正准备发号施令，不知道谁喊了一声："《射雕英雄传》开始了！"整个院子只剩下我和秋千……院子临街一排都租给人开小卖部，小卖部的库房窗子在院子里。一次我路过那里，禁不住驻足往里望了望，啊，各种各样的小吃，整箱整箱地堆在一起，这就好像梦境忽然变成实景，而自己就在其中，又像是一场大梦初醒，却发现现实与梦境刚好吻合，虚虚实实，实实虚虚。我忍不住把手伸向离窗子最近的一箱，使劲从里面拽出一包卜卜星。很多年后，和猪宝在小吃店忽然又看见卜卜星时，我居然心头一惊，仿佛是在逃多年的犯罪分子终于落网！当然还有恶作剧，一次楼下有个小孩妈妈说我是野孩子（老妈总是出差），我气得不行，但她是大人我也不能怎样，于是和死党精心策划一个周密的复仇计划。那个女人家厨房的窗子开在走廊，夜里我和死党抓了一把盐撒在她熬的粥里，撒完以后我们并没有马上逃离现场，而是怀着窃喜的心情在黑暗中藏着等待东窗事发。过了好久，听见一些响动，然后就是那个女人破口大骂，我们高兴得不得了，无比兴奋又不能笑出声，捂着嘴、快笑晕了，哈哈，我们当时竟躲在厕所里！

古城西南的护城河边，我的家，我的小院，那个曾经属于我和小伙伴们的童年，都清晰地留在记忆深处，一切仿佛发生过，又仿佛是虚幻的，于是援笔追忆，那些阳光灿烂的日子，似又回来了……

那年夏天

童年的大部分时间都是在家属院度过的，且没有母亲的陪伴。有一年暑假母亲在商县黑龙口勘测公路，也带我去了，他们测量队住在解放军的一个哨所，这竟成了我童年最美好的一个暑假。

哨所平时只有两个解放军叔叔和两条警犬，我们住在一层，不去工地的时候测量队在二楼办公。一天我醒来，去二楼找妈妈，两只警犬跑过来，我吓得哇哇大哭，解放军叔叔把我抱到妈妈办公室，两条警犬舔我的鞋，很温顺的样子。好多年后，我和猪宝在度假酒店，两条很大的狗跑过来，但到我们面前又停下了，两个解放军跟过来说："大姐，你别怕，他们是训练有素的警犬，在汶川地震中还承担过搜救工作呢。"三十年啊，我一下就想起了那个哨所的警犬，它们的眼神是一样的——温和而友善。

还有小薛叔叔，他每天开车买菜带着我，那个年代坐小车可是一件奢侈的事情，可我坐了一个暑假。小薛叔叔每次都给我买一些小东西，我印象最深的是一个莲蓬，我现在都能回忆起当时我拿着莲蓬躺在汽车后座上玩的情境。周末老妈的同事们都想坐车去镇上逛逛，位子不够，老妈让我别去了，可我哭着喊着就是要去，有个叔叔想让我坐到他腿上，我都不干，最后小薛叔叔还是带我去了可见小薛叔叔对我有多好。后来我听老妈说一个女大学生看上小薛叔叔，很多人都觉得不可思议，我觉得太正常不过了，他最会哄女孩开心了。

哨所有几棵核桃树，核桃成熟的季节，两个解放军叔叔拿竹竿往下敲，我拿着大筐捡绿皮核桃，两个警犬围着我们，后来他们给我分了好多，我终于明白为什么我这么爱吃绿皮核桃了。老妈带我到附近转转，看见一洼清泉，就让我在里面游泳玩耍，结果从上面走下一位主妇要洗菜，原来这是人家的洗菜池。

我只记得童年的那个夏天，有妈妈，有莲蓬的气味，有青核桃的滋味，有阳光、清溪、鸡犬相闻……

且听下回分解

西蒙老师下课的时候，忽然冒出一句："欲知后事，且听下回分解。"同学们开始收拾东西，但这句话却让我陷入遥远的回忆中……

在物质极度匮乏的二十世纪八十年代，我的家里最先添置了电视和录音机，可以毫不夸张地说老爸离了这两样东西就活不了，后来我总结这是他获取信息和娱乐的重要方式，娱乐主要就是指评书，这一点当然也深深地影响了我。我记得小学中午放学的时间是11点45分，一下课我和洁就冲出教室，为的是在15分钟内走回家，一路上听见每家每户飘出的广播声，评书前的节目仿佛是鼓点一样催促着我们。我都走得上气不接下气了，洁还埋怨地说："你能不能快点！"直到12点气定神闲地坐在录音机前，捧一碗老爸做的面边吃边听评书，12点至下午1点半是三场评书，边听边吃边写作业，然后再上学，什么也不耽误。只是经常瞎操心，一次听《刘秀传》，说是刘秀被忠臣救出来后在流亡的路上，又累又饿，在一家人门口晕倒了，评书戛然而止——且听下回分解。搞得我一下午都不开心，回家后老爸开导我："你这就是为古人担忧，何苦呢？"晚上6点半到7点电视还有一场评书，但同一时间另一个频道也有动画片，我又哭又闹地和老爸理论，老爸坚守在电视旁寸步不让，我听着邻居家蓝精灵的主题曲：在那山的那边、海的那边，有一群可爱的蓝精灵……我默默地流下了眼泪。最后没办法，只能和老爸一起听评书杨家将，小小的心灵被萧太后和杨家将这种虽然是敌人，也是知己的人世间复杂的情感深深地感动了，他们一个个为国战死，而四郎和八郎同在辽营又不能相认，留在宋朝的女将又如何凄苦，都牵动着我的心。后来等我再看动画片的时候，反而觉得没意思了。

在异国，楠楠、天天每天都下载的评书来听，猪宝也一起听，空荡荡的屋子里，回荡着单田芳先生的声音。其实在国内孩子们早已远离了这些传统的艺术形式，没想到在这样一种特殊的情况下，我又重温了经典。

而我此刻，也变成了一个说书人。

逝去的桃花源

最近朋友圈被雾霾刷爆了，家园何在？然而比雾霾更让我悲悯的是二十世纪八九十年代的一种情怀和社会风气也消失殆尽。西蒙老师讲《桃花源记》时说自己曾去过中国某农村，鸡犬相闻，就像桃花源一样。我心想：现在的中国农村已经不是那样了。

初中毕业的时候西安闹地震，我和奶奶回汉中老家，刚进村口，一位老人看见奶奶马上认出来了，指着我问："是海福家的元元吧，真胖（其实那时是我史上最瘦的时候）。"然后这个消息就像重磅新闻一样在村里传播，大家都赶来围在我四叔家门口看我们，有些老太太拄着拐棍儿也来了，我无论去谁家，他们马上给我打个荷包蛋，而我并不爱吃鸡蛋，搞得人家很尴尬，这是最好的东西，自己都舍不得吃。午饭的时候，人们都端着饭蹲在一个类似"新闻发布会"的地方一起聊天，我的两个堂妹跟着我，像钦差大臣，每当出现什么人，就给我讲这个人的辈分和在家族中的亲疏远近。我们在村后小河边玩的时候，堂妹忽然指着一座墓碑说："这是爷爷的坟。"而我对爷爷的印象只停留在一次他去西安探亲，裹着一个军大衣在长长走廊里的背影。从堂姐嘴里我了解到奶奶年轻时的样子，她说奶奶是村里的小学教师，每次出门都穿着旗袍，头发梳得一丝不苟，腋下夹着书，这种形象和当时的社会环境相差太远，所以这么多年堂姐都忘不了奶奶当年的风采。我二爷爷拿着一个笔记本，给我这个他认为有文化的人念他摘录的文章，居然还有叶倩文的《潇洒走一回》，他用汉中普通话给我慷慨激昂地念了一遍；二奶奶眼睛瞎了，但是晚上还赶到四叔家要和我聊聊天，她表情很安详，说想和我学说西安腔。这次回乡对十五岁的我触动很大，我模仿鲁迅写了一篇散文《故乡》。

然而等十多年后我满怀回忆和期待重返故乡时，村里房子都盖得很好，但是只剩下老人，没有生气。一次我去司马迁老家韩城参观古村落，连人都没有，这样的文化遗产是没有生命力的。我不止一次听到朋友对日本奈良的评价，穿行其间，不知道今是何世，日本之行没去奈良也成了遗憾。还有我成长的二十世纪八九十年代那种气息，我们住在筒子楼里，妈妈出差，爸爸有时候顾不上我和姥爷，大家在走廊烧饭都会问我们吃了没，给我们盛饭。最搞笑是有一次老爸给我发劳务费，我一天就花完了，商店老板认识老妈，等老妈回来告诉她说我一次花了五元钱，怕我偷了家里钱，学坏了。

　　八十年代的人，单纯善良朴实。八十年代的电影，精工细作，因为反映时代精神的就是艺术作品。当然八十年代的天也是蓝的，自然得让我们从未在意过它们有多宝贵！

击壤歌

无意中看见初中同学对我的匿名评价："白白胖胖容易激动。"我不禁哑然失笑，还真是位知音。是谁呢，辉、同桌老牛、还是润，忽然间那些记忆深处的面孔都清晰起来……

十二岁的我对中学生活充满期待，早上天还没亮就到学校。走廊漆黑漆黑的，辉从远处走来，他居然有钥匙，然后我们一起简单打扫卫生，他热衷在黑板上写课表。我忘了因为什么我们发生了一次冲突，他不理我，但我脾气来得快、去得也快，早就忘了。一次登记信息，我激动地发现我和辉居然是同年同月同日生，润嫌我啰嗦，不就是同一天吗？辉则面无表情地说那又怎么样，我有个同学的爸爸是人口统计局的，说这样的概率很正常。老师们都觉得与其他班相比，我们班乱得不能再乱了。历史课上，艳给琪借橡皮，但橡皮是像抛物线一样扔出去的，历史老师大发雷霆，作为班长的我本想大事化小，起身说他们的确没干别的，就是单纯的借橡皮，只是方式方法有些夸张。历史老师很惊讶，说怎么来了个辩护律师；此刻老师猛一回头，看见黑板课表上赫然写着：二月十四日，情人节。这简直就是火上浇油，老师问谁写的，是辉。结果，辉、艳、琪、我四个人被拖进了校长办公室，校长是我们几何老师，看见我在这一行人中，对我非常失望。但是这次事件后，辉反倒把我当成同一壕沟的战友了。青说："怎么觉得去校长办公室这件事，让你们变成风云人物了。"和磊、亮、辉、迪一起办板报，迪爸爸说我们不务正业，校长看见了要录像。大家都忙于学业，没人投稿，为了把板报版面撑起来，只能我自己不断投稿，结果每门老师走到教室后面转一圈后，就向我提问。运动会上，没有参加体育项目的我组织大家写表扬稿，我文思泉涌，骑自行车往返给主席台投稿，我们五班获得精神文明第一名。后来去蓉儿家时，她家就在西工大操场边上，我看着空无一人、偌大的操场，不禁想起十四岁的我骑着自行车飞驰在运动会上的样子。

有人在黑板上写刘德华，老牛问刘德华是谁？我和润觉得问题严重，老牛连基本生活常识都没有，于是毅然肩负起开发他智力的任务。老牛、润和我上课聊天，我不会小声说话，牵连大家一起被抓，老牛沉默，我一下就把责任推了出去，润承认都是她的错，是她找我们说话；结果，对上眼了，喜欢武侠精神的老周说润是英雄。老牛有一次迟到，老师问书包呢，他低头说："夹在后座上丢了。"全班哄堂大笑。老牛回到座位上，模仿鲁迅先生在课桌上刻了一个"早"。老牛妈妈被老师教育以后，让老牛向同桌学习，老牛说学她什么，学她上课看《茶花女》。上课看小说和吃东西，都是两项极为刺激的事情，为我们平凡而单调的生活增加一些亮色。和老牛、剑、娜等一行人在城墙上骑自行车，骑得飞快，好像要飘起来了，忽然有人说骑得快有什么了不起，比车技是看谁骑得慢，不会骑车的剑在一旁鼓励我，这种时刻一定要胜出才会树立威信。音乐课上，老师问："这句话什么意思，'诗者，志之所之也，在心为志，发言为诗。情动于中而行于言，言之不足，故嗟叹之，嗟叹之不足故永歌之，永歌之不足，不知手之舞之，足之蹈之也'。谁是语文课代表？"我正忙着给大家说评书三国演义，剑告诉我翻译出这句著名的古文，后来我才知道出自《毛诗大序》。而剑实在太聪明了，他根本就不学，他爸爸是飞行员。六六空难，当时我们正在早读，听见老师们窃窃私语，一架从西安飞往广州的飞机在起飞十分钟后坠毁，民航子弟都在附中上学。剑说他爸爸的好朋友也在这架飞机上，他并不是机组成员，而是坐飞机去把西北航空广州的飞机开回来。剑爸爸朋友的孩子正上高三要参加高考，不久前学生会竞选时他还跟我开玩笑，叫我圆弧（元胡），出事后我看见他戴着重孝低着头从操场边走过，我一直注视着他从我的视线中消失，不觉热泪盈眶。1994年6月6日，中国人都觉得六是那么吉利的数字，可老天从不按套路出牌。这次事件后，虽然剑的爸爸没事，但明显感到剑懂事多了。

二十年后，润再见到我，她说："你怎么还是这么土，要不要我把你重新包装一下。记得第一次见你时，你穿着白球鞋、白袜子、白衬衫、白裙子、白发卡，以为是个淑女，没想到也是豪放派。"是吗，我自己都不记得了。初中，我骑自行车带润去买贺年卡，邻居告诉润妈妈，是个男孩带她。后来在王家卫的电影里，他说："当一个女人极度渴望她心爱的人出现时，她就会把她自己打扮成他的样子。"和辉一起去书院门买班里需要的笔墨纸砚，辉边骑自行车边问我有喜欢的人没；我本来就不喜欢他，又想报复一下他，因为当我告诉他我们同一天生日时，他的不在乎，我迅速在脑海里搜索班里个子高、学习好的男生，然后说我喜欢磊。生活有时就是喜欢跟你开玩笑，当我说这句话的时候，我并不喜欢磊，但此后为了不断证明给别人看，反倒真喜欢上他了。辉、磊家离学校很远，中午就在学校吃饭，我也非常向往这样远离父母的生活，可我家住得很近，我就对爸妈说时间是多么宝贵，我想中午在学校吃饭可以节省更多时间学习，爸妈欣然答应，还嘱咐要吃好。中午，我们就在一起聊天，看书，辉和磊是完全不同的男孩，辉和我很像，有些孩子气，叛逆又纯真；磊沉默寡言，少年老成。一天中午，辉不知道从哪里搞来一支眉笔，问我要不要试一试，中午，空旷的教室，他给我画眉，磊在看书；下午上课，艳和润一眼就看出我画眉了，我还死不承认。听力课上，我带了孟庭苇的磁带放在桌上的卡带里，测试如果不想听英语的话，是否可以听歌，和我坐在一起的磊，有些担心，又不敢阻拦。执勤打扫完卫生，远、亮、老牛、剑和我一起坐在桌子上聊天，说起各自小时候的事，远说我还真是个有趣的人呢。我和磊上课外班时坐在一起，远总是在后面搞恶作剧，比如哼婚礼进行曲。本来以为日子无忧无虑、遥遥无期，谁知转眼就要毕业了，我想确定一下磊究竟喜欢不喜欢我，如果喜欢的话，可以规划一下未来。我抛出橄榄枝，久久不见回应，过年的时候收到他的贺卡和信，他走进教室路过我座位时看似不经意放下的。我回家才惴惴不安地打开信：欣赏你的正直热情，欣赏你的善良执着，你敢爱敢恨，敢说敢做，敢做敢当；但正因为世上你这样的人太少，因此你也受到疏远，试着改变一些，树立一个志向，一切都会好起来的。这句话让当时的我非常失落，但真正明白却是很多年后的事情了。

少年时代的我喜欢罗大佑，不明白他的《闪亮的日子》究竟好在哪里。很多很多年后的某一天，我正在看肥皂剧，转台忽然听到这首歌，听着、听着不知不觉泪流满面，想起初中早读，陈老师说读点该背的，附录不是重点，老师转身，我带同学们朗读附录里的乐府民歌，胡姬年十五，春日独当垆；同学们笑了，读错了吗，谁也没有错，错的是十五岁的我……

第四部分

人在他乡

梦里不知
身是客

生活态度

和小丹出去吃饭，小丹让我尝尝这个、尝尝那个，我说我不爱吃；小丹问我吃过没有。小丹说："你不是真正的吃货，你只是吃得多而已，但很多美味你都不吃，因为你不愿意尝试新事物。"

的确，很长一段时间我都已经习惯按部就班地生活、工作，害怕改变，因此也没有成长。在单位，我把物流科的单证工作已经做得很熟了，领导多次找我谈话问我想不想调到市场部，我都拒绝了，怕与人打交道，确切地说是懒，怕为改变付出努力和代价。如果那个时候去了市场部，无论今后改行与否，英语至少过关了。当时我接到业务咨询的电话，我想的是快点把它推给别的部门去处理。总部的财务总监，曾经也只是个科员，可是无论何时何人问他问题，他总是不厌其烦地解答，即使不会的也搞明白告诉别人，后来他业务能力越来越强做到了财务总监，又被外企挖走。这个事例的深意也许我现在才明白、才实践。日复一日，年复一年，我做着同样的工作，感觉自己的生命就像夕阳一点儿一点儿往下沉。一天，树影在窗，鸟声未起，恍然之间我想起了大学时代，于是想重新拾起一个梦。很多人都很惊讶，你离开校园八年，本科学的是国际金融，在外贸公司工作，考上了古代文学研究生。其实对我本人而言，意义远不止于此，而是在这个过程中，我领悟到一种不自我禁锢、积极面对挑战的生活态度。

很多时候，我们为自己画了一个无形的界限，认为自己只能做什么，界限以外不去想也不敢做。事实上，每个人都拥有一处丰富的宝藏，就像沙漠里的清泉，需要我们去探寻。2003年我就拿到驾照了，但真正开车却是来美国之后。以前看过一篇文章讲一生要会做的几件事，其中就有开车，我不屑一顾，因为在国内即使自己不开车，还有很多种选择。来美国，我傻眼了，寸步难行。刚来那段时间，我也想过如果没有车也可以勉强度日，但是我发现很多精彩的活动无法参加，不能很好地、最大限度地利用这里的文化资源，这对我和孩子来说生活质量就大大降低了。我开始开车了，起初我只敢在小城附近开开，不敢开长途，后来有朋友约我去波士顿玩，我几乎开了全程。朋友让我把她的车开到修理厂，我觉得我只能开自己的车，去迈阿密，朋友一再嘱咐我迈阿密路况多么复杂，千万别自己开车，但我租了一辆越野车自己开。我们在去KEY WEST的路上，几百公里的路程，看着前方的海天一色，想到这一年所经历的一切，我心中非常感动。周围的朋友有事来找我帮忙，无论我有没有能力，我想的是至少我和你在一起，在这个过程中，我不仅练了口语（全是灵活的情景对话），还对美国生活的方方面面了如指掌，等以后有人找我再办相关事宜时，心中有数就不会慌。找我的人越来越多，我很高兴，因为只有强大的人才有能力帮助别人。朋友说我不是不会交际，只是我有我交际的原则和方法，就是以诚相待。

我对朋友说我很奇怪，我还是我，可是有些人对我的态度却发生改变了；朋友说："不是，你已经不是原来那个你了，你变了！"

同为异乡客

有位老师来美国的时候，司机大哥不知道该把他送到哪里，因为他既没有租房，也没有定宾馆。朋友们把这件事当成一件趣事来谈，我也笑了，不是笑这个故事，而是我差点儿和他处境一样。

来美国之前，先是西蒙老师和石老师联系我，问我需不需要提前租房子，我当然求之不得了。说实话我是准备带孩子闯世界，但究竟下了飞机住在哪，这个问题我从来没想过。我们到达纽瓦克机场的那天细雨蒙蒙，石老师安排了接机，司机大哥放着中文老歌，我竟有些怀疑是不是到美国了。一进门，石老师已经做好了一桌菜等我们，宾至如归！我每次放在冰箱的东西都乱七八糟，仿佛一开门就会发生山体滑坡。石老师是个很细心很体贴的人，他总是在我不在的时候帮我把冰箱里的东西整理好，然后等我看见的时候，他不经意地说："我觉得这样好一些。"每天饭桌上，有说有笑，就像祖孙三代一家人一样。在石老师回国之前的一段时间，在他的帮助下我慢慢安顿好一切，所以很多老师刚来美国时的那种孤独、落寞、抑郁我还没有感觉到。直到有一天，一大早，风特别大，石老师拖着行李要走了，我出来想送送他，他说："快回去吧，别感冒。""啪"一声把门关上了，一阵冷风吹进温热的室内。从那一瞬开始，我才真正感觉到来美国了，大街上空荡荡的，窗外大树上有两只松鼠在嬉戏玩耍，树叶在风中剧烈地晃动着，世界上仿佛就剩下我和儿子。好几次深夜里，我从百叶窗的缝隙里窥视街道，只见淡月静静地照着空无一人的大马路、清冷的枝杈点缀在夜空中，楼上偶尔有一些轻微的脚步声，便有一种十分孤独、落寞的感觉，甚至是恐惧。

新泽西一周之内就经历了春夏秋冬，大风刮得我刚出门就又回去了，结果被猪宝硬拽了出来，终于看见人了，几个孩子在街边玩，其中一个小姑娘长得非常漂亮，和猪宝年纪相仿，我问："你妈妈也是访问学者吗？"她说："是的，我从南京来，我是南京栖霞人，我叫楠楠。"然后她妈妈走过来，我们都谈到独自住一套公寓很害怕，她说："要不咱们搬到一起住吧。"本来我的房子大些，又有家具，可是楠楠她们已经签合同了，违约金很多，而我还没有签合同。于是我决定搬去和她们一起住，彼此有个照应。怎么搬家是摆在我们两个女人面前的一大难题，刚好遇到了教会热心的杨太太，问我们有什么需要帮助的，我说没有；楠楠妈妈说："你不是要搬来和我一起住吗？搬家就是困难。"有困难，杨太太振臂一呼，两位大哥留下联系方式说就看我们什么时候搬了。其中一位大哥看了一下东西，也不多，他一个人就帮我们搬完了，还把我快散架的床拿回家修好，再拉过来，搞得我们都不好意思了。后来教会的朋友请我们吃饭，他们指着三栋别墅说，这都是那位帮你们搬家的大哥的房子。我不禁感慨：富贵、富贵，大部分人只富而不贵。苏轼说："你看一个人的人品，不是看他对比自己地位高的人怎么样，而是看他怎么对不如自己的人。"我们组成了临时家庭，猪宝说很多人经常问他楠楠是不是他的妹妹。可是毕竟是两个孩子，战争是难免的，一次争吵后，楠楠说："你们走，我不想和猪宝住在一起了。"我带着猪宝出去转转，后来楠楠妈妈说我们走后，她教训了楠楠，楠楠不仅认识到自己的错误，还特别担心我们不回来了，在门口一直张望。我们回来的时候，果然是楠楠一听见我们的声音就来开门了。夏天晚上，经常有人坐在我们窗口聊天，两个孩子酣睡，两位妈妈辗转难眠。

后来楠楠爸爸要来住一段时间，因为实在不方便，我和猪宝搬走了。我们搬到一栋别墅里，房东住在二楼，我们在楼顶，一楼住了一位博士后小刘。我住了半年，因为作息不一致几乎没见过他几次，一楼公用的厨房基本上也是我一个人在用。后来小刘爱人来了，天天在厨房做美食，猪宝说自从阿姨来了以后，整个屋子都飘着香味！小刘爱人做好以后，也让猪宝品尝一下。小刘很忙，白天他爱人就一个人在家，很闷，我仿佛看见了刚来时候的自己，于是一有活动我就把她带上，对我而言，举手之劳，但却可以让她在有限的时间里尽可能多地感受美国当地文化。有一次小学组织孩子的舞会，我带上小刘爱人一起，她非常高兴，我们没有跳舞，只是站在一旁观看，她看着看着，头转向我，情不自禁地说了一句："认识你真好！"我说："也谢谢你这段时间对猪宝的照顾。"她回国后，一进门我看见她的绣花拖鞋还在鞋架上放着，然后回到偌大的厨房一个人开始做饭，忽然觉得少点儿什么，有点伤感……

感恩节一过，时间便急速滑向年终，然后是圣诞节，异国的岁暮热闹而落寞。今年春节特别早，天气一天天转暖，忽逢春至客心惊。很快楠楠她们也要回国了，而我马上要搬回最初住的地方，开始新的生活，虽要独自面对，但已无所畏惧。有人说："你还真能是折腾，绕了一圈，从303搬到304！"可是，生命的魅力不就在这偏离的过程中吗？

乡音

八十年代就来美国留学的王大哥说，现在来美国，到处都是中国人，所以没什么感觉了。因为他们当年来的时候，很难碰到中国人，所以他们一来就去找教会，一方面可以给他们帮助，另一方面可以听到家乡话。我明显感到，他们那一代人对教会的感情很深，几十年来虽然不断搬迁，但每周日都风雨无阻去教会，那是一个安放心灵的港湾，因为有中国人的乡音！

前几天，开车去附近的城市，一家中餐馆，我点了一份蔬菜炒饭，老板娘端出一份鸡块给我，说："吃吧，我看你都不吃荤的，那怎么行。"然后坐下来，和我聊天谈她的一双儿女，非常美好的一个下午。她说她们这个小城中国人很少，我告诉她和她住的地方十分钟车程的地方，中国人很多，因为旁边有所大学，学生和访问学者较多。旧金山，晚上很多闲人在街上游荡，我内心特别恐惧，彻夜未眠。同一个城市，一年以后再来，没想到如此坦然。走在空荡荡的街道上，用英文问一位大叔怎么去餐馆，说了一会儿，他说："你还是讲汉语吧。"我马上改中文。我多么想说汉语啊，但是在这里并不是看见亚洲人面孔就可以说的。顺着大叔指的方向来到一家中餐馆，等餐的间隙，中国顾客聊着家常，看着外面的汉字招牌，我觉得有那么一瞬间很恍惚，不知此身在何处。回到住处，恰逢房东回来，寒暄几句之后，他用流利的中文问我："你也说普通话吗？"我说："当然，可是为什么你中文那么好？"答："因为我是混血儿。"我在厨房还发现了热水壶，出门在外的朋友都知道这有多么宝贵，可以喝一口热水。旧金山华人真的多得不得了，尤其是公交车上，几乎全是华人，车还是那种中间有个套子的老式公交，一扭一扭地摇晃到渔人码头。车上有位打扮精致的太太问我是不是来旅游的，于是闲聊起来，我抱怨旧金山一天之内温差太大，她说"你看我呀，常年随身带一个外套。"我问她来多少年了，老人看着窗外的渔人码头，淡淡地说："我从上海来，已经五十多年了……"既没有伤感，也没有惆怅，只是一种饱经沧桑的淡然。

王家卫其实很小的时候就随父母从上海去了香港，他的电影里却不断重复着上海话，仿佛是自己永远达不到的彼岸，回不去的故乡。出生在越南，在法国受教育的导演陈英雄，也是一直在回望故乡。影片中采莲女划着小船边采莲、边唱着越南小调，唤醒老诗人心中沉睡的爱，他的影片画面非常唯美，始终流露着东方式的内敛和悠长。那乡音对陈英雄本人来说，意义也是相同的。我不禁想起台湾诗人黄雍廉的那首《唐人街》：

> 是一所港湾
>
> 专泊中国人的乡音
>
> 无须叩问客从何处来

浅黄的肤色中亮着

扬州的驿马

长安的宫阙

湮没成为一种亲切之后

风是历史的萧声

倾听如

一首梦般柔细的歌

我不说中文（I DON'T SPEAK CHINESE）

"我不说中文"是我在美国从华裔嘴里听到的最悲哀的一句话，朋友说我不必伤感，他们已经不是真正意义上的中国人了，可我还是忍不住很难过。华裔父母对孩子不厌其烦地说中文，孩子回答英文，这种场景很常见，但对我却很陌生，每次都不同程度地冲击着我的心灵，中文和英文相比，的确很难，在两种语言并行的情况下，中文自然就被淘汰了。

朋友说想去真正的美国人家里看看，我说："你不是去过西蒙老师家吗？"她说那不是典型的美国人家，那是中国人的家。一边是西蒙老师这样的汉学家，把一生都奉献给中国的语言文字事业，还有对汉语和文化有着浓厚兴趣的美国同学；一边是不屑于说汉语的华裔后代，这种强烈的反差给我内心带来很大的触动。西蒙老师家完全是中式风格，他说着娴熟的汉语，他说他就是长了一张洋人的脸，他对汉语的热爱是发自内心的，办公室里挂着中国的字画，上课时我每每看着马远那幅《寒江独钓图》，就有一种时空错位的感觉，仿佛在师大孙老师家听玄学和山水诗，又仿佛曾经在历史博物馆陷入沉思的瞬间。还有一位俄罗斯汉学家在墓碑上刻了一个汉字"梦"，这个可爱的人啊，你可知道中文的这个"梦"意义有多么深邃。与此相反的是，中国移民的家庭是完全西化的风格，子女无论是言谈，还是举止，已经完完全全美国化了，看不出一点儿中国人的文化气质，猪宝看着他们不知道该说什么语。民国时期的一些学者，他们学贯中西，这首先取决于他们对民族文化深深的自豪感。秋瑾给侄儿的信里就曾说："如果你不了解自己国家的文化和历史，是不会生出爱国之心的。"

后来我感受到还有一层原因，有些人其实会说中文，但不想说，因为想获得身份的认同。这个话题有很深层的社会、文化因素，生在美国、长在美国的他们觉得自己已经完完全全是美国人了，可是当别人看见他们的肤色，还会认为是中国人。这让他们内心又自卑又困惑，坚决拒绝说中文是他们反抗身份错位的一种表现方式。我个人认为，你是黑眼睛、黄皮肤这一点无论在异国他乡生活多少代，都无法改变，既然改变不了，不如坦然面对。朋友二十世纪七八十年代去国外访学、做讲座，因为穿着得体、举止优雅，大家都认为她是日本人，她反反复复强调我是中国人。美国的犹太人有自己的学校，自己的教会，周末我看见他们西装革履、三五成群地一起去共同的朝圣地点，头上戴着一种犹太人特有的小帽子，我曾经问他们那看似轻轻扣在头上的小帽子，为什么风吹不掉，他们说用特别的夹子固定住了。这就是犹太人，生怕你不知道他们犹太人的身份。

《摩登家庭》里有一幕，格洛丽亚想让儿子学自己的母语西班牙语，儿子不愿意，丈夫不支持，平时大大咧咧的格洛丽亚几乎声泪俱下地说："你知不知道，我多么想在自己的家里和我的亲人说我的母语！"

想象力

小时候特别爱看科幻小说，现在想来那些故事里的情节已经都变成现实了。有几段情节印象比较深刻，两个恋人，多年后，其中一个变性了，他们重逢在机场，百感交集；还有我们曾经设想二十一世纪的生活，所有的家电都可以随时随地开关，这不就是现在的预约功能吗？我想，想象发展生活，不是生活发展想象。老爸也表示赞同，他说："你看《西游记》里的孙悟空，一个筋斗云十万八千里，不就是现在的飞机吗？"只有一个故事，我不想让它成为现实。说是有一天地球毁灭了,人类建了一座无比高的摩天大楼,如同诺亚方舟,其中一层是个博物馆,里面放着一种地球上曾经有的物质——土。这个故事让当时年幼的我感到异常伤感,可现在孩子们天天看着灰蒙蒙的天空,不知道什么是蓝天白云,和这个故事如出一辙。

在美国处处可见稀奇古怪的事情,猪宝和查查每次在玩具店都流连忘返,查查买了一个放屁垫,一坐上去就发出放屁的声音,两个孩子乐此不疲。参观华盛顿自然博物时,看录像时我猛然一回头,设在座位中间的是一个猿猴的雕塑,那神态如同观众一样聚精会神地注视着屏幕。普林斯顿大学博物馆门口,喷泉池子里设了几个椅子,我很吃惊为什么要把椅子设计在水里,怎么坐啊?朋友说:"你想坐,也可以坐啊!"西方人的思维是不受禁锢的,而我们的思想仿佛被一种无形的东西给限制住了。洛杉矶科技馆门口,为了给孩子们展示杠杆原理,设置了一个巨大的天秤,一端吊着汽车,另一端人们可以随意去拉动,猪宝和朋友像两个猴子一样拽着绳子,终于拉动了汽车,天秤向他们这边倾斜,孩子们的兴奋之情无法言喻!夏令营耽误了几次,猪宝很不高兴。我问:"你究竟喜欢夏令营什么?"猪宝说:"我也说不清,反正特别好玩。"等我问明白这好玩的具体内容才知道,原来中学老师和高中生带着这帮小孩做各种各样的物理、化学实验。朋友说:"你不要小看这个夏令营,这种寓教于乐的授课方法是经过大学教授专门培训的。"一次带猪宝去看天体物理系的演讲,教授和他带的博士生们一个个出场,但给孩子们带来的兴奋和感动一点儿不亚于迪士尼表演,而又多了智慧和深意。

外国人普遍比较幽默,也是和想象力有关。飞机上,一位坐在我旁边的老先生颤颤巍巍地从空姐手中接过水杯,他从我的眼神里看出了担心,非常礼貌地说:"你放心,我不会给你洗澡的。"幽默不是笑话,幽默背后是智慧,智慧背后是想象力。

小镇

一直以为贾樟柯电影中那种上世纪八十年代的气息和背景很难重现,但练车的那段时间,我经常开到离西安半小时车程的乡镇,那尘土飞扬的小道、无规则驾驶的电动车、人们的精神面貌，简直就是贾樟柯电影中场景的再现！

美国的小镇则是另一番景象。美丽的加州一号沿海公路，渌渌给我们精心设计的在卡梅尔小镇留宿一夜，一向做事缜密的她想提前订好宾馆，被我阻止了，我说我就不相信就没有咱们落脚的地方。我们在陌上花开，且缓缓归的心境下晚上十点才到卡梅尔，我和渌渌一个从电话簿第一页向后，一个从最后一页向前，开始给宾馆打电话，真的没有一家旅馆有空房间。渌渌绝望地看着我说："真是个改变人生观的地方！"（网评）我们一家挨一家地继续问，还是一无所获，可是我却被酒吧、旅馆大厅那些拿着酒杯轻声细语聊天的人所吸引，仿佛电影镜头一般精致，那一瞬我甚至为自己过于随意的穿着感到自惭形秽。有些旅店的大堂装潢和服务生穿着，让我想起一些小说里十七、十八世纪的英国。纳帕，路过一家庄园，我们在门口驻足观望，渌渌很想进去看看，我和渌渌的先生都很悲观，不仅不支持，还说："走吧，人家不会让你进去的。"这时刚好园丁在门口浇水，渌渌走上前去表达了对这里的喜爱，说只要参观十分钟就可以了。园丁稍稍犹豫了一下，说："好的，就十分钟。"我们进来以后，马上被眼前的景象惊呆了，简直就像《飘》里面斯嘉丽的庄园，我甚至都有一种错觉，斯嘉丽要提着裙子从台阶上走下来。两个孩子在院子大树下的秋千上玩耍，园丁还告诉我们前面有一条河，涨水的时候会漫过这个有秋千的院子，显然这一切不止十分钟。我们带着美好的回忆，无限留恋地离开了庄园，感谢渌渌乐观、积极的态度给我们不断带来惊喜。美国的大学也很奇怪，很多名校都建在小镇上，前面还是山间小道，导航竟显示还有十分钟就到康奈尔大学，这让我不敢相信。在这个向往已久名叫绮色佳的小镇，我站在至高点俯瞰沉睡在山谷中的康奈尔大学，眼前浮现出胡适和韦莲司的书信，十年做客已惯天涯，况壑深多谷，湖丽如斯，多谢殷勤我友，能容我傲骨狂思！频相思，微风晚日，指点过湖堤……这对神交半个世纪的灵魂伴侣，其实一生真正相处的日子并不多，相濡以沫不若相忘江湖；对当事人来说，不知道是幸运还是不幸，伊人已逝，山川何如昔，风云如古同……

闲看庭前花开花落，静观天外云卷云舒。没想到这句诗的意境，竟是我在花园之州新泽西生活的真实写照。我们住在离纽约一小时车程的小镇，我刚从宇宙中心五道口空降到这里很不适应，一切都静得不可思议。每天早上是被鸟鸣声唤醒的，躺在床上就可以看见朝霞千变万化，我甚至能听见自己的呼吸声和花开的声音。清晨，儿子一手拿着面包，一边说两只松鼠，我以为他要给我讲故事，可是顺着他的眼神望去，窗前大树上两只松鼠在嬉戏玩耍。教堂，我边听唱诗班唱诗边看书，阳光透过教堂的彩色玻璃映在我手中纳兰性德的诗集上，像笼罩着一个迷人的梦，爱日满阶看古籍。一天早上，一向爱走神的我，不经意间抬头看见一头鹿正和我一起过马路，着实把我吓了一跳，可是它却很淡定、漠然地看了看我，自顾自走了，我也不那么害怕了，生命与生命的直面而已。春天里，和刘老师踏青，看见一棵开满花的树，在风中摇曳，甚是动人，我们请人给我们照合影，他照完后告诉我们有位诗人还给这棵树写了诗，他一时兴起吟诵起来。我不禁对这位农夫打扮的大叔刮目相看，末了他说没时间了，还要给学生上课，我问他教什么？答曰："农林管理。"秋天里，我和刘老师踩着厚厚的落叶漫步，凉风拂面，秋意浓，我说多年多年以后，我会记得这个美好的午后！特殊的海洋性气候，让我有幸见识了东边日出西边雨。曾经在一本书上看见，一生一定要看见一次彩虹，感谢新泽西的天气让我超额完成。带着初到美国的张老师在沃尔玛添置家用，一出门疲惫、焦虑的她和我一起被眼前的火烧云这天地间的大美震撼了，一边是云霞漫天，一边是乌云压顶，多像生活本身。我们默默地站着欣赏了好久，莫名地感动不已，生命的真谛就在这平凡的瞬间，除此之外并无他物。

送走渌渌后的一天，本来是去学校却开到了去她家的路上，我索性漫无目的地走在一扇扇金色的大门中间，我心本如此，乃知天壤间，何处不清安！天边的云变化万千，歌词里说：开始、结束从未改变，天边的你漂泊在白云外……

选择权

来美国后最大的感受用一句话概括就是：有些东西因为你从来就没拥有过，所以也不知道失去了什么，比如选择权。我来美国前，有一个视频面试，主办方问我有没有日程安排，然后根据我的日程安排来定面试时间。我受宠若惊，两个层面，一是像我这样平凡的人难道还有日程安排，二是主办方要根据我的时间定他们面试我的时间，把选择的主动权交给我。这次来美国以后，我发现每个人都是有日程安排的，不仅有，还要随时携带以便记录。

一开始我很不习惯，做什么事情先填一堆表格，后来渐渐发现这繁琐之中却是对每个人最起码的尊重，这尊重就体现在把选择权交给你。校方问家长："可不可以把孩子的照片公开发布到网上？可不可以给孩子补英语课？可不可以给孩子提供免费早餐……"像英语课这种家长求之不得的事情，也要问家长愿不愿意。前两天在大学填表格，关于买医疗保险的方式就有四个选项，秘书让我选择。我想起高考填志愿，虽然爸妈并没有帮我做选择，表面上也是把选择权交给我，但是一再提醒我如果选择中文，以后不好找工作。当时年少的我竟被他们说得不知所措了，于是志愿表扔给他们让他们填，自己去旅游了。这就好像如果嫁人的话，既然不能嫁给自己的最爱，那嫁给谁都无所谓了。朋友的孩子非常优秀，北大毕业，在美国读的研究生和博士。她给我讲了一个小插曲，本来她的女儿拿到哈佛的通知书，她也很高兴，朋友说当时确实是有一点儿小小的虚荣心；结果女儿选择了另外一所没哈佛有名的学校，因为觉得哈佛只是名气大，但她的专业却是另一个学校的更好。我很感慨地说："您女儿一定是在中学的时候就很明确地知道自己想要什么，所以外界环境、包括父母也不能撼动她的选择。"

陪朋友办事，第一天我们比预约时间晚到了一会儿，前台很不高兴；第二天我们又早到了，前台的表情简直就是不可思议。我一开始还觉得是种族歧视，慢慢才意识到是因为你的改变，侵犯了别人。你改变，是你重新选择，这就必然造成对别人的侵犯。这在西方国家是一件很重要的事情。飞机上，女孩和男朋友吵架了。原因竟然是，女孩觉得靠窗的位置比较好，就让给邻座的人，结果她男朋友非常生气，说："你怎么可以替别人做选择？"怄了一路气。我当时还认为是因为她男朋友孩子气，不成熟，看来人物分析也得和对象站在一个高度上啊！

外国同龄孩子比我们孩子看上去成熟，也是因为大人从来没有把他们当成孩子，尊重他们做人最基本的权利。在公园里，经常看见父母蹲下来跟孩子很认真地说话，让他们对自己的事情做出选择。选择是我的权利——这一观念是西方人儿时就深入人心的。一个独立性很强的人，一定是个曾经很独立的孩子。

真相背后

万圣节晚上，有一个美国家庭就坐在我旁边，三个大孩子坐着，女人抱着一个褴褛中的婴儿，爸爸深情地看着妻儿们，长得特别帅，像布拉特·皮特年轻的样子。我默默地注视着他们，觉得非常美好。过了没几天，参加教堂圣经讨论，其中就有那位母亲，他们讨论完圣经后又开始聊生活，她谈到生活是多么地艰难，差一点儿被赶出公寓，怀里还是抱着褴褛中的孩子，声泪俱下。听完她的倾诉，我居然大胆地用流利的英语表达了万圣节之夜他们一家带给我的感动，只要一家人在一起，再难也不怕，一切都会好起来的。那位母亲马上就不哭了，给了我一个深深的拥抱，并表示感激。我以前既不敢说话，英语也不利索，我也被自己超乎寻常的表现震惊了。

《梁思成文集》的整理人是林洙，林洙何许人也——梁思成的第二任妻子，当年我心里就打个问号，既然和林徽因感情那么深，怎么林徽因死后他马上就结婚了呢？前两天看见一篇文章觉得说得有些道理，说是梁思成生活在女神的光环下并不快乐，他需要的是一个平凡的女人，像林洙一样。金岳霖也并非为林徽因终身未娶，他也有女朋友。张幼仪也并非像个弃妇一样孤独终老，她离开徐志摩以后过得很好，甚至因为离开他而变成了一个更好的人。渐渐发现那些曾经的爱情故事，都只说了一半，才那么有迷惑性，尤其是对青春期懵懂的少男少女。儿子的外教上世纪五十年代去过中国，我感叹道："你们老师真是浪漫啊！"儿子淡定地说："就像你一样太单纯，单纯的人才浪漫。"我一时语塞。一次见到他们老师，我冒昧地问："您为什么会在上世纪五十年代去中国呢？当时中国和美国之间的差距实在太大了，物质上、精神上……"老师说："报纸上、新闻上说中国如何、如何好，看见那儿的人也特别朝气蓬勃，觉得是一个非常好的时代。"我想那大概是二十世纪七十年代中美刚建交时吧，老师看见的可能是干劲十足的工农兵。知青小说里，就有一些孩子本来年龄不够，不用下乡，但是听了鼓动后瞒着父母偷偷地报名出发了。老爸说他就曾看见知青们支援三线时，因为基本上没有设备，全靠人工，那些在家娇生惯养的孩子，在工地经常出事。一次一个孩子的腿被石头砸断了，坐在铁轨上哭，喊妈妈，真是太可怜了。《西线无战事》中，主人公从战场上心力交瘁地回家探亲，看见号召新兵入伍的演讲，又一批孩子欢天喜地地上了战场，可他们并不知道战争究竟意味着什么。战争是一个人腿断了还在跑，肠子出来了用手捂着在地上爬，战争是一个人前一秒还在说笑话，后一秒就被炸成肉酱……主人公开始反感人们对战争的盲目崇拜，也开始明白战争刚开始时一位老师慷慨陈词阻止他们上战场，却被他们视为不爱国。

一直流传的一个经典故事，中国老太太临死前说终于攒够钱买房子了，美国老太太临死前说终于还完房贷了。在美国住了一段时间后，我看到的是：美国老太太还没有到临终时刻就把房子卖了，因为无力打理（美国的房子要除草、要扫雪、要维修等等，人工也很贵）和承受巨额地税，把房子卖了住在租的公寓里，很少看见和儿女走动往来，也没有广场舞可跳，深居简出，只有每周例行去教堂礼拜，孤独地等待着上帝的召唤……

美国奶爸

邻居美国老太太神情凝重地对我说："我发现你们中国来了许多单亲妈妈（访问学者和孩子）。"我回答："我们也是，也不是。中国普遍现象是，爸爸在不在，似乎区别也不大，他们并不参与孩子的成长。"

如果你看到美国奶爸们，你就不会吃惊英国的贝克汉姆为什么对小七那么疼爱。我想这一切其实只是每个正常爸爸该做的，很多时候我们的爸爸都不知道去哪了，所以这样本来正常的行为在我们眼里才如此陌生。在美国，随处可见的是，妈妈甩手走在前面，奶爸抱着孩子，并且还超级帅。一次去普林斯顿大学，忽然下起大雨，我和朋友只能躲进一家餐厅。一位奶爸也推着婴儿车在门外躲雨，他俯下身子不断和孩子交谈，时不时喂水、喂吃的，直到雨小些，才推着婴儿车消失在蒙蒙细雨中……这一幕深深地打动了我们，一直目送他们消失在我的视线中！做礼拜时，教堂有很多爸爸抱着孩子，有些宝贝都在爸爸肩头睡着了，还流着口水，一身礼服的爸爸也不介意。教堂教唱歌的神父，他一边教唱歌，一边抱着孩子，并没有觉得有任何违和感，反而让人觉得这个男人很温情。公园，随处可见带着孩子们打各种各样球的爸爸们，美国人民本来就热爱运动。朋友说，本来她认识的一个中国移民的孩子棒球打得很好，但由于回家以后没有家人陪练，很快就落后了，因为美国孩子们回家后爸爸们会一直陪练。最尴尬的是小学舞会，主题是爸爸和女儿，我们也没太在意带着孩子们去了。结果发现一位美国妈妈都没有出现，女孩们一个个穿着裙子、丝袜、扎着蝴蝶结，爸爸们穿着西服挽着女儿们，跳舞的时候，爸爸把年幼的女儿抱在怀里，翩翩起舞，场面非常温馨。这一刻我才理解那句——女儿是爸爸前世的情人。此情此景，真让人难以忘怀！

　　陪朋友买保险，我们需要很努力地听员工介绍保险产品，孩子们不停地动桌上的东西，我们既不好意思又烦躁，倒是这位工作人员很善解人意地给孩子们找来纸和笔，并且善意地看着我们说："我也是两个孩子的爸爸，孩子的好奇心，我懂。"

美国的学校和教育

　　朋友看见我把美国小镇写得那么诗意，准备砸锅卖铁把孩子送来美国读书，为了不让他将来怨我告诉他一个假美国，今天我全面介绍一下我所了解的美国学校和教育。

　　快回国的中国孩子都有一个想法，把美国小学也搬回中国去，猪宝更是做了一个梦，自己的美国小学变成了一个大坑，因为已经飞到中国了。为什么孩子们这么喜欢美国的学校呢？通过孩子了解到，美国小学老师对孩子们特别好，说话温柔，孩子们每天上学都很开心，校长每天风雨无阻在门口跟孩子们热情洋溢地打招呼，我曾暗中观察，想的是难道他就不会审美疲劳，结果他真的是对每一个孩子都那么热情，让我分外感动。校长不再是一个符号，而是有血有肉、很生活化的普通人，各种活动校长还把自己打扮成卡通人物的样子，怪不得很多孩子回国时都要亲自跟校长道别，校长办公室就在门房，这种空间设置也很亲民。我给小学当义工，校长和班主任亲自向每一位当义工的家长致谢，倒好像我们给学校捐了几百万似的。美国老师很重视孩子的情绪，一次约我谈话，我以为猪宝犯了什么错，结果老师只是说猪宝今天不知道为什么非常不开心，我说因为他英语不够好还不能和同学们自如地交流，可老师说他玩的时候也不开心，让我请个心理医生给孩子看看。我看猪宝也不太精神，用手一摸，发烧了！不过我不仅不怪老师，还觉得挺感动，因为他们更关注孩子精神层面。如果在中国，孩子没精神，老师很自然就摸一下孩子额头，而在美国人与人之间是保持距离的，肢体接触是个禁忌，包括与孩子相处。然而桃花源的孩子，也是要学习的。每天，看着孩子背着空空的书包，我很焦虑，一位台湾大爷苦口婆心给我讲了半天美国的教育体制，一语惊醒梦中人，我在蒙蒙细雨中半天回不过神。他说美国的学校硬软件都特别好，这我也都看见了，学校给一位残疾孩子专门配了老师单独照顾他。给你提供了最好的条件，至于学成什么样，老师是不管的，主要靠家庭教育，华人和犹太人向来重视教育，就稍好一些。美国的学校早早就进行了分流，哪些是只拿高中毕业证的，哪些是进社区大学的，哪些是进常春藤盟校的，都根据学习成绩分成了快慢班。真正有实力的家庭，也不满足于让孩子只上公立学校，而是上价格昂贵的私立学校。即使是公立学校，课业也不轻松。有位高中女孩总是很疲惫的样子，她说每天都学到凌晨两点多，她的课本像《大英百科全书》那么厚，这只是一门课的，考试是以写论文的形式，这就需要大量阅读内化后再加入自己的思想表达出来，这是国内研究生阶段的学习方式啊。平时成绩和老师的推荐信也非常重要，而不是一锤定音。

  教育目标不同，美国的教育目标是完整人格的教育。幼儿园可爱的天天小朋友被授予奖章，因为对大家很友好，她每天都是带着笑容走进学校的，社区领导和校方很隆重地给她颁了奖。奥运会美国金牌总数一直遥遥领先，如果你生活在这片土地上，一点儿都不会奇怪，这只是美国人民热爱运动的衍生品而已。你随时随地会在路上、公园看见独自跑步或打各种球的不同年龄段的人，是真正的运动，而不是广场舞和散步。与其说美国人喜欢运动，不如说他们更看重运动中体现出的体育精神。篮球教练在正式上课前给每位家长一封邮件："我不可能把每个孩子都培养成冠军，但是通过这个训练如果能让孩子们感到快乐和学会团队合作精神，这将是最重要的。"体育也是一项重要的考核标准，耶鲁、哈佛、康奈尔……各大名校的吉祥物都是本校球队的标志，可见美国人对体育的普及和热爱，更有甚者，考大学就是奔球队去的。在美国，弹钢琴已经不是特长了，人人都会，所有的场合都摆着钢琴，教堂每周的布道我觉得就像音乐会，不仅如此，还要擅长管弦乐，以备演出需要。人们在音乐方面的素养，体现在生活的方方面面，中外教会圣诞节时的大型庆祝活动，教会成员自己就能负责演出的全部环节。图书馆，高中生给孩子们免费上国际象棋课，因为孩子成年后有没有对社会做贡献也是很重要的一项考核指标。我们的应试教育那么严格，可是为什么科学界几乎没有太大创新。美国的小学比较轻松，中学课业就很重了，还要有体育、音乐特长和社会实践等等。我想起自己当年整个高中的目标都是考大学，考上大学的第一年我特别迷茫，人生没有了目标，也没有老师的引导，完全不知道怎么学习。而美国的学生到大学阶段才厚积薄发，开始真正去学习，这是两种教育模式导致的完全不同的结果。我们的中小学生完全被参考书和课业压得喘不过气，没有时间博览群书和不断地尝试自己的兴趣所在，而这一点我又认为是一个人自我教育的开始。当一个人发现了自己，或者说自我觉醒了以后，就开始自我教育，自我鞭策，化被动为主动，在这个过程中逐渐了解自己，发现自己，一个人最终才会成长、成熟。

美国的中学，大麻、性、暴力……这些也是无法逃避的，一位朋友语重心长地对我说，如果你有国内的朋友要让孩子过来上学，父母一定要陪伴在身边，他看见很多中国家长把孩子孤身送往海外求学，太让人难以置信了，世界上没有一个国家的父母会这么做。青春期的转变，多少事情要孩子独自面对，能扛住的成长了，扛不住的就把孩子毁了。如果准备让孩子在国外读书、发展，自己又不打算和孩子一起留在国外，若干年后，风烛残年白发苍苍地坐在摇椅里等万里之外的孩子回来看你，这份孤独、落寞是不是能够承受，现在都要一起想好。

第五部分

文艺随笔

梦里不知
身是客

爱与死亡

艺术永恒的主题就是爱与死亡。文学作品、电影艺术也不例外，判断作品是否优秀，只要考量是否有对生命的洞见，是否有对生死大事的追问。世面上充斥着各种通俗读物和垃圾电影，大部分只是讲故事而已，人在故事中只是媒介，人淹没在故事情节中，与故事的终结一同消亡。而优秀的作品则不同，即使没有情节，爱与死亡依然发生着，就像王家卫的电影：爱与死亡是主题，即使人物死了，爱却还在延续……

中国大多数电影导演，成名的一刻即是艺术生命的结束。我最无法忍受的就是战争题材的电影把内容局限在强奸这一项，并以特写引起观众的愤怒和同情，也许这样容易得到好评吧。但是对于大学时代就把雷马克的《西线无战事》看了无数遍的我，这种表现手法和内容只会让我觉得浅薄和无聊。

《西线无战事》是一部没有英雄、甚至没有正面描写战争的小说，但却比任何一部战争题材的作品都震撼我的心灵，我惊叹于雷马克云淡风轻的描写和力透纸背、雷霆万钧的力量！那些十八九岁、没有经过任何战争训练的孩子，被送上战场无异于白白送死，书中就有这样一段描述：新兵刚下火车站成一排，敌军飞行员跟他们开了个玩笑——扫射。文中没有任何感叹和煽情的语言，因为你来不及悲伤就进入下一场战争。战友被截肢了，痛苦地躺在床上呻吟，其他战友虽然也很难过，但还是忍不住盯着他的大统靴，这就是战争的现实和残酷。后来，这靴子就在士兵中一个个传下去，每当有人阵亡，靴子就有了新的主人。书中有这样一段插曲，法国女人为了食物找德国士兵过夜，抱着他们用法语说："可怜的孩子们。"德国士兵听不懂她们说什么，只是觉得像妈妈的怀抱一样温暖。我对这一幕印象深刻，我忘了德法交战，那一刻女人只是女人、母亲，男人只是男人、孩子。二战中，玛丽莲·梦露为什么能起到鼓舞军心的作用，大概就在于此吧，那些刚刚离开妈妈的大男孩，没有妈妈，总要有女人吧。主人公回家探亲，看着家里还挂着几年前他穿的短裤,而他已不再是那个无忧无虑的少年。奔赴战场的前夜,母亲坐在床边看着"熟睡"的儿子,儿子心中千言万语却无法对母亲说,就这样度过了一夜,也是最后一夜。后来主人公在战壕中像童年那样伸出手去捕捉一只蝴蝶时,不幸被流弹击中。此时距离停战只有一周时间,德国报纸标题为"西线无战事"。

电影艺术家

如果说文学、音乐、绘画、摄影都是艺术的一部分,那么电影就是把所有的艺术元素都调动起来了。戴锦华老师说真正热爱电影的人一定要走进影院,不要用手机、电脑去看电影,我也有同感。这就如同已经在西方艺术史上无数次看见那些绘画名作的影印本,然而当我真的站在它们面前时,那种震撼是无法形容的。

黄色的路旁,我选的那条较少人迹,千差万别由此而起。——罗伯特·弗罗斯特。这世上就有那么一小撮人心甘情愿地为艺术默默献身。日本导演小津安二郎的一生都在探讨婚姻和家庭问题,他理解得那么深刻却终身未婚。小津喜欢用长镜头固定机位,和坐在榻榻米上的人物视线齐平,小津的镜头不会随人物移动,而是安静地固定在某个角落,等待人物走进镜头,做完事情,又离开镜头。多像生命本身,来来去去,对象没有意义,事件才是永恒。小津的电影里经常出现一些似乎和剧情无关的景物,云、雾、植物……就这样无声地存在着,与剧情一起组成电影的节奏。静观是一切艺术以及审美生活的起点,小津的电影里没有大人物和高潮,都是平凡的小人物和平凡得不能再平凡的生活场景,一开始你会觉得很闷,没有大起大落的剧情、浮夸的音乐,但是如果静下心来,你会觉得很温暖,长镜头会把人物那种欲言又止、略带心酸的感觉表现得淋漓尽致。小津的御用摄影师抱怨拍艺术片没有拍广告赚钱,小津只是淡淡地说还是给大户人家当条狗吧。小津虽然探讨的是现实生活,但风格却是浪漫的,因为他骨子里也是一位诗人，用镜头写诗，捕捉生命、一如倒影、一如梦境！他在《我是卖豆腐的，所以我只做豆腐》一书中，写到一次战争中在前线，战壕附近有一棵杏树，开着美丽的白花。机关枪嗒嗒嗒地响着，中间还夹杂着大炮声。在这声音中，风吹着白花非常轻盈地飘散下来，他看着花想，原来也可以这样描写战争啊。这让我想起侯孝贤让杨德昌看《风柜里来的人》，有一场孩子们在海边嬉戏玩耍的场面，美好纯真，杨德昌马上把本来轻快的音乐换成维瓦尔第的《四季之冬》，巨大的艺术张力让你仿佛触摸到时间的流逝和青春一去不返的惆怅……小津生和死在同一天，他的人生真是诗意，墓碑上写了一个字：无！

意大利导演马丁·西克赛斯，这个可爱的老头说："我就是死也是死在镜头后面的。"一次电影节散会后，马丁约见年轻的导演贾樟柯，贾樟柯非常紧张，马丁让他吃桌上的糖，然后说："你的电影《小武》让我想起我小的时候……"贾樟柯看见电影学院的学生寄作业给马丁，很吃惊，马丁说："我的地址是公开的，你别以为是我在指导他们，其实是他们让我知道自己有多老。"旅法的越南导演陈英雄，无论是《青木瓜的滋味》、《三个季节》，还是《三轮车夫》，都让我感到一种气息，那是越南的味道，淳朴、细腻、鲜艳，一如这个接近赤道的国度。《三个季节》里，采荷女带着斗笠边唱歌边采莲蓬，她的歌声唤醒了老诗人心中沉睡的爱……

汉文学的叶嫩花初

早上一睁眼就看见几大片云从朝霞上跑过去，以前我总是不能理解"行云"这个词，因为长期生活在北方的我只知道"云"就是"棉花糖"，猪宝补充"没把儿的棉花糖"，直到在傍晚雨后的西湖边，我才明白：朦胧淡月云来去。研究唐诗的朱老师曾问我："来自长安的你为什么不喜欢唐诗呢？"我说："唐诗就像一个人二十六七岁，已经初涉世事，我喜欢唐以前的文学，那是华夏文明的叶嫩花初。"

北语，茹和我站在窗口，茹说你看明天要下雪了，母亲说当天上云层厚厚的连成一片就说明要下大雪了。诗经云：上天同云，雨雪纷纷。我们智慧的先民就是用这诗一样的语言口口相传自己的生活经验，这可以看成是最早的天气预报。还有汉乐府里那些率真的民歌，天予真情，发言自高。欲归家无人，欲渡河无船……你少年的时候背诵它，到你真正经历这样的生活才会明白它的好。这句话的意境到了唐代，就是日暮乡关何处是，烟波江上使人愁。没点文化就读不懂。汉代儒家思想控制还不严，还没有那么雅正，中国诗歌不需要雅正，太正经了，我们真的活得太累了，只有民歌里才有一丝轻松活泼、诙谐之气，因为真。

汉乐府董娇娆，少女嘲笑春花很快要凋谢了，春花说："秋时自零落，春月复芬芳。"我春天还会再开，而你呢，你的青春一去不复返！言语之间有一点戏谑，但却是实实在在的人生智慧啊，美人只能感叹思君令人老，岁月忽已晚；好的诗歌，大到一切艺术，尽管风格各异，但有一点是不变的，也是优秀作品和普通作品的区别——对生命的洞见。再看陌上桑的秦罗敷，她不同于后世诗人笔下的女性形象，她热热闹闹地活在俗世中，意大利电影《西西里的美丽传说》中，小镇上的人对玛莲娜的态度让我想到陌上桑的场景。

我和《文心雕龙》

考研的时候，作为一位文学爱好者，我对作家作品虽然已烂熟于心，但从来没有系统地看过文学史，更别提文学理论了。复习的时候我发现魏晋南北朝之前的文学史，不断出现刘勰《文心雕龙》的点评。当时出于一种纯功利的考虑，我想如果熟读这本书一定能拿高分，于是找来研读，但我立刻就被它的美震撼了。由于当时古文基础不够好，对文学史也不熟悉，只是凭直觉感到这是美文！漫漫长夜，我把身心沉浸其中不断地追问，终于拨云见日，发现它其实是"丽而动"的，不仅有华美的语言，而且思想深邃，刘勰即使作为哲学家也当之无愧。有时候我真觉得刘勰很矛盾，他本来是打击齐梁艳丽文风的，可是他的文字比他们都美，令我"万古魂动"！三十岁的刘勰在深山古寺里，伴着青灯古书，研读文史哲方方面面的书籍撰写《文心雕龙》，三十岁的我看见这本书，觉得"今是而昨非"，想把自己三十岁以后的人生奉献给它。

硕士论文我没写《文心雕龙》，是因为初涉研究领域，我没有能力驾驭十几万字的论文，但我从来没有停止过对它的热爱。一次老师说"文帝以位尊而减才"，一下想不起来下一句，我接上"思王以势窘而益价"。当时由于忙于其他课业已经很久没看《文心雕龙》了，朋友说："这才说明你对它的喜爱程度啊。"博士论文选题的时候，我对老师说："一个题目要做三四年，如果不是真的喜欢，很难坚持下去，虽然《文心雕龙》是显学，但是还是让我试试吧。"我常常在想《文心雕龙》虽然是一本讲写作原理的书，并且主要是指美文的写作，但对我们现代文的写作也是很有指导意义的。他从文章构思、篇章结构到遣词造句都有详细的指导方针，并且都是用诗一样的语言表达出来的。比如他谈构思"意翻空易，言征实难"、"若妙识所难，其易也将至；忽之为易，其难也将来"，这不正是创作者所经历的吗？"句有可削，足见其疏；字不得减，乃知其密"，我把这一条直接运用在我修改论文的过程中。我希望有一天儿子长大了，能和我面对面地讨论这本文学理论著作。儿子造句：桂花开了，全球都能闻见它的香味。我用刘勰的话做了点评"夸而有节"，夸张要建立在合情合理的基础上，夸张的目的是用艺术手法真实地再现客观事物的情状，这个度要把握好，过犹不及。刘勰的思想兼容并包，所以他分析作品、点评作家，全面客观，不人云亦云，这一点也潜移默化地改变了我看问题的角度和方式，不再那么偏激。

诗经云：卓彼云汉，为章于天！千古文章，就像漫天繁星一样，是天地间的大美，心哉美矣！

你的心情

认识你（《文心雕龙》作者刘勰）已经十年了，看着桌上反复斟酌一年的书稿和窗外的大雪，如同林文月翻译完《源氏物语》觉得紫式部站在自己身后一样，此刻，我也觉得你就站在我身边。朋友是你的家乡莒县人，我很严肃地对她说："我觉得你应该了解一下刘勰。"她不屑地笑笑说："我怎么不了解他，我从小就在文心亭玩。"古迹争名分，可有几个人在作者生前真正爱过他，死后又愿意去了解他的生平和作品。

洛杉矶街头，艺人卖唱，我想扔下一元钱就走，朋友拦住我说："你等一下，听他弹完一首曲子，他要的不是钱本身，而是你愿意驻足欣赏他的音乐。"你曾经撰写《文心雕龙》的地方，定林寺，游人如织，人海茫茫中又有谁知道你这部伟大的美文文学理论著作，又有谁知道多少个春秋，深山古寺，青灯古书相伴才凝结成这部即使在今天也毫不逊色的伟大著作。关于你为什么不婚，一千多年来众说纷纭，这个问题其实很简单。为什么没有人追问玄奘不结婚？玄奘历经艰辛取得真经，回来潜心翻译，你和他并没有什么不同，只是你在定林寺而已，而我觉得你比玄奘更有智慧，他只是取经、翻译，而你是创作，你对作家作品的评论简练而精当，如你说曹丕乐府清越，那为了这"清越"二字你又要翻阅多少古籍，然后冥然兀坐、沉思默想才能得出这个结论。你的师父僧祐，也非等闲之辈，史书上说你博通经论，师父让你当助手，我认为因果倒置，是师父的指导和教诲，让你当助手，你才可能博通经论，然后才可能达到这样一种境界，今定林寺所藏，勰所定也。你还是幸运的，在注重门第的南朝，你遇见了沈约！关于你和文坛领袖、当朝宰相沈约的见面，我在不同的史料里已经看到无数遍，可每每还是觉得很感动。一位没有名分、地位，只有才华的作者用粗布裹着自己多年的心血，拦在了一人之下万人之上的宰相轿子面前，他读了你的书后，大为赞赏，以为深得文理，扶你上轿，畅论文心，置于案头反复品读，和你书信往来修订文稿，定稿后热情地在封面写上"文心雕龙"几个大字。只有英雄才识得英雄！我真的不敢想象，如果当时沈大人没有认识到你的惊世才华，而是把你乱棒轰走，中国文学史将会是什么样子。有人说你为了迎合沈约，书中很多观点和沈约相似，我觉得他们看轻了你，也无法理解沈大人的人格境界，你既有胆识以一介布衣的身份拜见沈约，他又英雄不问出身，这就说明了一切。至于为何观点一致，你在书里说得很清楚，有同乎旧谈者，非雷同也，势自不可异也。接着你又在沈大人的引荐下，认识了深爱文学的昭明太子萧统，一直到太子去世，这十余年，我想这是你人生中最快乐的日子。与昭明太子朝夕相处，和其他文士们畅论文学，你的职务始终不算高，太子去世后你又回到寺中研究经文。有人说你是因为仕途不得意，才重返定林寺，心里有什么就只能看见什么，你的心从来就不在仕途上，又谈何不得意。你就像电影《海上钢琴师》里那个生命中只有钢琴的钢琴师，不敢下船，离开钢琴的陆地让他不知所措。你之所以能离开定林寺，是因为有沈约、萧统这样的知音，如你所说知音实难，千载不遇。他们一个个相继离世，你也就心灰意冷，重返定林寺。

你的作品，正如你对其他经典的点评，艳溢锱毫，丹青初炳而后渝，文章岁久而弥光，令一千五百年后的我，万古魂动！

你的眼睛

前苏联想重拍《钢铁是怎样炼成的》，导演挑来挑去都没找到合适的演员，有人给他推荐一位当红小生，他也不满意，有人问他这么有名的演员你也不满意，你到底要什么样的人呢。导演说："他是很有名，但是他的眼睛里没有东西。"

新版《永不瞑目》，本来我是抱着极大的热情去看的，结果很失望，只能把陆毅版重温一遍，去感受二十世纪八十年代的气息和精工细作。有一个镜头是，陆毅扮演的肖童和苏瑾扮演的欧庆春见面后又分开，肖童非常兴奋，欧庆春远远地看着他跑向校门，眼里饱含着深情，这个镜头给的时间大概有十来秒，直到肖童跑出镜头，这和情感的深度是契合的。这样的镜头比比皆是，欧庆春一身警服站在教室外等肖童，肖童眼睛好了之后第一次看见欧庆春，两个人在眼神对视的时候都闪着光彩，欧庆春那时并没有爱上肖童，但因为肖童的眼角膜是自己死去爱人捐献的，所以她的眼神温柔而略带伤感；而肖童完全是个大男孩，他说："我还没见过这么漂亮的女警察呢。"肖童眼神很干净，一如他至死都纯洁的心灵。还有八三版的《红楼梦》，里面有一个非常经典的镜头，贾宝玉和林黛玉一起读《西厢记》，两人全神贯注地沉浸在书中，这时片片花瓣飘落在他们身上，那一瞬两个看书的知音成了书中之人，意境很美。我想起那句"雪夜闭门读禁书"，的确，宝黛二人是在一片旖旎的春光下读书，但他们那种投入的神情让我觉得天地苍茫只有两位知音心心相印！新版《红楼梦》，演员不仅是眼里没东西，贾宝玉看林黛玉的眼神甚至有些猥琐，背景是一样的，片片花瓣飘落，但原著中那种诗意完全没有。

　　我一直认为对演员最大的挑战，不是怎么讲台词，而是没有台词。电影《钢琴课》中，霍利·亨特扮演的爱达就是这样一个角色。哑女爱达远渡重洋来到新西兰，她丈夫把她视为生命的钢琴留在了沙滩上。爱达日夜思念她的钢琴，请求土著人宾斯带他去沙滩，夕阳西下，爱达在辽阔的沙滩上如痴如醉地弹着钢琴，琴声和爱达的生命融为一体，宾斯注视着忘我弹琴的爱达，被深深地震撼了；有意思的是，宾斯是个没有文化的土著，可他却真正读懂了爱达。爱达自始至终没有一句台词，而是用钢琴表达丰富的内心世界，她的眼神也从一开始失去钢琴的惊恐、无助，到迫于无奈给宾斯上钢琴课的厌恶和反感，再到离开她丈夫时的决绝和与宾斯远走他乡的义无反顾！

　　毛姆的小说《面纱》，有一个人第一次见女主角夫妇，他对女主角说："他不爱你。"她问："为什么？"他回答："因为你丈夫不看你的脸……"

入兴贵闲

天阔云闲，Kelly在关院门的一瞬，想起奶奶家曾有一个和这个很像的花园，不知道为什么忽然就想起来了。她又问我："能不能经常来找你们玩，你可以把我和猪宝看成是你的双胞胎。"我说好的。我正为莫名其妙地多个孩子而欢喜，她又说："况且你看上去也没什么事。"

朋友问我写东西到底要多久？我不知道该怎么回答，写出来的确只要一会儿，可是构思也许是几天、几年、几十年，就比如那篇童年往事，我十多年前看见姜文导演的《阳光灿烂的日子》，心想谁的童年又不是这样的呢，可我虽然有这样的想法，一时却表达不出来。最近和孩子们在一起玩，忽然之间就有了灵感。想写老爸、润、小丹等等，这些生命中非常重要的人，明明有很多想说的话，提起笔来又写不下去，只好作罢，只能静待灵感的到来。关于创作的种种，我最近才体悟到，正如刘勰所说：若妙识所难，其易也将至；忽之为易，其难也方来；或率而造极，或精思愈疏。

我发现每当我感到有文思时，都是整个身心处于一种完全放松的状态，各方面事情已安排妥当，无心可操。于是欣然独坐，浮想联翩，一些往事的片段、故人的音容笑貌、交往的对话细节，会逐渐清晰起来，生动起来，神思方运，万途竞萌！这样连续一段时间，静思往事，如在目底，想得差不多了，就可以下笔了。正所谓：心闲气静时一挥！王安石如果不是变法失败，又怎么会去闲看庭前花开花落；杜甫成都闲居时写下《江村》，"自去自来梁上燕，相亲相近水中鸥"，没有乱世的骚扰和惊恐，没有名利场的挣扎与苦闷，一切都那么宁静闲逸，俨然一幅江村闲居图。苏轼《雪堂记》，客说："如果说你是闲散的人呢，还差一些天机！"这天机就在——性之便，意之适，不在于他，在于群息已动，大明既升，吾方辗转，一观晓隙之尘飞。

古代有一则笑话：有个穷人整日祈祷，神人被感动了，问你有什么要求呢？

他说他的要求很低，只要粗食布衣，逍遥山水之间以终其身，就可以了。神人大笑，说他如果要富贵，很简单，可是他要的是神仙之乐，凡人怎么可以享受神仙的快活、逍遥呢。夜深人静，伴着青灯古书，忘却了多少尘世的疲惫和烦恼，享受着浮生偷闲的惬意与从容。东坡云："何处无月？何处无竹柏？但少闲人如吾两人者耳。"

闲，天定许！忙，人自取！

随 笔

刘勰说："方其搦翰，气倍辞前；暨乎篇成，半折心始。"之前我一直是从言不尽意角度理解的，最近写作的时候有了新的感悟。半折心始，不光指内容没有完全表达，而是主题写着写着就变了，所以我经常是不写题目，写完根据内容再定。

朋友看见我写的内容很杂，说我可以分类写，我笑着说那就不是随笔了。很多人、很多故事其实在我脑海里已经酝酿了很久，但是却不知道从何下笔，只待一个事件触动神经，然后那些句子似乎就自己排好队浮现在脑海，只需把他们敲出来就行了。我也喜欢看大家的随笔，比如钱穆先生的。你不用看懂先生的《国史大纲》，但你可以听听先生谈读书，他说如果不读古代诗人的全集，尤其是像杜甫、苏轼，如果不一首首细读，而只读选本和别人的评语，那么只能学到一些小技巧，不会达到诗的最高境界。这就好像跑进一个大会场，人很多但都不认识，有什么意思，还不如找一、两个人谈谈心。没有说教的感觉，但却是实实在在教你读书方法啊！大家的随笔，是用最简单、最朴实的语言讲最深刻的道理，比高文大册更容易让人接受。

叶燮论诗，谓如泰山出云，如果事先想好先出哪一朵，后出哪一朵，怎么流动，怎么堆积，那就不是云了。这一点和写文章是一样的，就是靠情感的驱动。苏东坡说，作文大略如行云流水，初无定质，但常行于所当行，常止于所不可不止！胸有成竹，也只是一个意向、一种模糊的感情，如果做文章、写字、作画，每一笔下去都清楚地知道是什么效果，就不是创作。齐白石说：似我者，死！徐城北《闲话京戏》里谈到，有些伶人排出新戏总是怕人学了去，但是名伶就不怕，你尽管看，只是学不来。

真

电影《萧红》的结尾让人感到萧红最动人的地方就是真实的力量。我想这也许是一切艺术的魅力和源泉所在。有个游戏叫真心话大冒险，我觉得这一定是个有中国特色的游戏，可见真话的难得和可贵。朋友说这么多年，没有人告诉她我曾对她说的话，所以说我有智慧；我说："不是，别人也知道，但是不对你说，你就像那个没穿衣服的皇帝一样，光着身子过了大半辈子。我对你说，因为是生命和生命的直面，你的职务和光环在我面前没有意义，所以我才会像孩子一样说出大家都看见但是不告诉你的事实。"

历史上那些让人难以忘怀的人物，也是因为真性情。司马迁把项羽列入本纪，也是对这个人物给予了深切的同情。项羽看见秦始皇的仪仗队，说：彼可取而代之！刘邦则说：大丈夫当如是也。两人性格一目了然，项羽说出了刘邦想说但不敢说的话。十五岁的我喜欢的是诸葛亮骑驴过小桥，独叹梅花瘦。时隔多年，等我看到曹操的一句话，忍不住笑了，"这世上如果没有我，都不知道乱成什么样了"。这人真是率真可爱啊！史书上说，他的一位妻子不想和他过了回娘家，他去请也不回，他没有像别的位高权重的人那样施以淫威，而是说如果她实在不想过，就找个好人家改嫁吧。思想非常前卫，并且体现出对妻子的尊重，这不是以帝王身份，而是以情郎身份说的。海边，当时一边是日落，一边是惊涛拍岸，我忽然就想起了曹操那首《观沧海》，心中不禁默默吟咏了一遍，想到当时曹操虽然取得了暂时的胜利，但他内心也是很彷徨的，不知道何时能统一霸业，也许在自己有生之年见不到这一天，面对苍茫宇宙，他感到人在宇宙面间的渺小，不禁发出喟叹！此情此景，我想到他的诗感动得热泪盈眶，政治家的心胸、诗人的情怀、王者的气度。

趣

　　《陌上桑》中的秦罗敷是我非常喜欢的古典女性形象之一，她不同于崔莺莺那样的大家闺秀，只能在红娘帮助下迈出每一步，并且走得那么犹豫；也不同于晚明的贞妇烈女，被男人碰一下手，就把胳膊剁了。她是实实在在地活在滚滚红尘中，不做作，不矫情，真实，坦荡。电影《西西里的美丽传说》，小镇上人们对玛丽莲有些夸张、又有些喜剧性的围观，让我一下就想起了《陌上桑》，众人但坐观罗敷。

　　"趣"是中国文学中最宝贵的东西，我们活得太累了，生活里的三纲五常把人压得喘不过气，文学里也不"消停"。这份难得的"趣"，民歌里有、苏轼的诗词里有、元曲里有，但是太少了。北朝民歌，老女不嫁，塌地哭天！我知道这后面有很深刻的社会原因，连年战乱，人口骤减，女儿在家一直充当劳动力；可我还是忍不住想笑，那么率真、直接，毫不掩饰自己来自生命本真的欲望。怪不得冯梦龙说世上有假诗文，但是绝对没有假民歌。汉乐府的《董娇娆》，人和花的对话，秋时自零落，春日复芬芳！以花拟人，设为问答，戏谑之中透着人生的智慧和悲凉。艺人表演节目助兴，苏轼始终不笑，一位艺人说："翰林学士不笑，你还算是个好艺人吗？"艺人回答："非不笑也，不笑所以深笑之也。"苏轼听罢大笑。他用了苏轼《王者不治夷狄论》中的：非不治也，不治所以深治之也。林语堂在《论幽默》中这样说："讽刺每趋于酸腐，去其酸辣，而达到冲淡心境，便成幽默。欲求幽默，必先有深远之心境，而带一点我佛慈悲之念头。"正德皇帝一定是历史上最有幽默感的帝王。他在地方官为之设的宴席上因为不按尊卑长幼乱坐，以致吃饭的时候，他的桌上竟没有筷子，大家都吓坏了，他却笑了！正德皇帝从来无视儒家礼教、君臣礼法，封自己为"威武大将军"御驾亲征！期间又给自己封了太师，气得大臣们涕泗满面，满地打滚，正德权当游戏娱乐。庆功宴上，正德说："这次打仗，功劳最大的就是威武大将军朱寿。"大臣们目瞪口呆半天才反应过来是皇帝自己！这位可爱的皇帝就是电影《天下无双》里皇帝的原型。很多人说幸亏正德只活了三十岁，不然就会被谋逆逼宫。和皇帝的身份相比，他实在是太浪漫、太个性、太平民化了，然而在程朱礼教禁锢那么深的时代，居然有这样一个人横空出世，他蓦然出现在历史舞台上，自由、叛逆、浪漫的光彩照亮了整个黑暗的时空！

风把帽子吹走了，我边推小车边追帽子，每次快追到就又被风刮跑了，半岁的猪宝坐在车里咯咯笑个不停……

实用与审美

第一次参观故宫时，我坐在三大殿的台阶上不禁感叹这居然是一家人住的地方，丁丁说没错，只住过两家人。我真的不是羡慕皇家生活的奢华富贵，而是生活的艺术化，当然这也是奢华的一个方面。多年后，我和Irina漫步在故宫金水河畔，很多摄影爱好者把"大炮小炮"早早就摆在最佳观景位置，Irina不解地问这是干什么，我说他们在等夕阳西下，云霞漫天时拍摄故宫一角……

老舍的《四世同堂》让我感受到的不仅是他对北京深沉的爱，伴随着情节、故事一起展开的是一幅幅活色生香的老北京风俗画，从满人"生活艺术"中的二簧、单弦、大鼓、鸽铃、风筝、鼻烟壶儿、蟋蟀罐子、鸟儿笼子，到钱诗人的诗、书、花草、茵陈酒和北平人最清脆的语言，诚实的交易，和缓的脚步与唱给宫廷听的歌剧……无处不在的是在生存环境的大背景下再现文化，于是文化有了根、有了源。祁老太爷最担心的是一定的节日看不到相应的物件，比如年节的年糕、中秋节的"兔儿爷"、端午节的粽子与神符、桑葚，祁老太爷开始恨日本人就是因为中秋季没有出现"兔儿爷"，他无法想象他的儿孙将生活在一个没有"兔儿爷"的北平！当我看了书中这个典故时，我无从想象"兔儿爷"是个什么样的东西，那时网络还没有这么发达；后来我在老舍先生笔下的北京生活了十几年，一天漫步在后海的一家小店看见一件装饰品，像兔子关公，我问店家才知道那就是老舍先生说的"兔儿爷"，它离我们的生活是如此陌生和遥远，祁老太爷的后代真的生活在了有"兔儿爷"的北京……

在北京客居的十几年中，德胜门是我进城的必经之路，每每看见城门楼子孤零零地矗立在那儿，我便想起梁思成和林徽因当年为了保护城墙奔走呼告，两位建筑学家在战争年代成功地保护了奈良、京都的古建筑，但是在和平时代却无法保护自己国家的文化遗产。七尺男儿哭了，说五十年后，你们会后悔的……如果这样想的话，那么没有建都西安，倒是古都长安的一大幸事了！夜色，南门外，我和Irina从故宫的角楼来到了西安城墙边，她不无感慨地说："我觉得这像一个梦。"老舍说他所爱的北平，不是枝枝节节的什么，而是与北平相关的一大片记忆。那么西安对于我来说，也是如此。小时候，我发烧，老妈借了一辆自行车带我去儿童医院看病，看完病刚从西门出来就被警察拦住了，因为违反交通规则，警察让老妈和我站在寒风中必须抓住下一个违规者才能放行，背景是巍峨雄伟的安定门箭楼；小学在碑林区少年宫学素描，城墙下总有很多下象棋的老人，他们世世代代就住在城墙根下，老伴给下棋的老头端饭，走过唐代的拴马桩、走过宋代的书院、走到明代的城墙下；初中，我们把自行车骑上城墙，比看谁骑得慢，从小天不怕地不怕的我，不仅是骑车高手，还十分大胆地站到城墙瞭望台上，落日满荒城。回民街吃美食的同时，看见牌楼上写着"大学习巷"，这是唐代时波斯人来长安时生活、学习的地方，从那些卷发、深眼窝的回民身上还依稀可以看见祖先留下的印记，巷尾是大清真寺，宗教信仰把这些异乡人紧紧凝聚在一起……

某一年刚从西安火车站出来，发现北门的拱门改成了方形，报纸上头版头条写着改建以后的城墙有效地缓解了火车站附近交通拥堵的问题；看着这一方形的门，如同没有城墙的德胜门，孤零零地矗立在那里，就像孩子没有妈妈，我仿佛感受到梁思成的心情。

人生阅历和文学鉴赏

大学时看电影《霸王别姬》，小豆子从戏班子跑出来，看了一场京剧名伶的戏，泪流满面，痴痴地反复说"怎么唱得那么好啊"，于是他又跑回戏班了。当时在黑暗中的我感动不已，心想总有一天我会放弃一切，去选择我钟爱的文学道路！走了那么久，绕了那么大一个圈我才走到文学道路上，看着周围比我小那么多的同学有时不免有些羡慕，不过后来我发现文学是人学，是人类心灵的历史，没有一定生活的阅历就无法深刻地理解其中的深意，也就没什么遗憾了。

从小没受过什么挫折的我，考研考了两次，第二年一蹶不振几乎没有看书，天天带着两岁的猪宝行走在天地之间，却忽然发现那些古典诗词中描述的情感、意境一下全懂了，以前只是当作美文欣赏，现在却是用生命去体会其中蕴含的情感。功夫在诗外！猪宝和我路过我曾经上的小学，里面传出朗朗的读书声，猪宝说有人在唱歌，我心潮起伏，是啊，有人在唱歌，我小时候也在这里唱歌……我忽然想起当年老爸在开学前一天，骑着自行车带我到学校门口，指着我的教室说以后我就要在这里上学了，而那个时候我还不知道这扇门是那么深邃、迷人！也是在这个过程中，我开始重新熟悉我久违的故乡，二十岁出头离开家，每年回家几天，三十岁的时候带着两岁的猪宝和疲惫的身心重新审视故土，就像看望苍老的母亲，所有的记忆都在这个过程中被唤醒了，而我的心也在不知不觉中得到了抚慰。春天里，看到城墙边的花又开了，一如我离开的时候，我才明白王维的"来日绮窗前，寒梅着花未"为什么如此打动人心。第二年考上研了，却也高兴不起来，一年的时间看尽了人生百态，想到《古文观止》中张仪、苏秦生活境遇改变后周围人的变化，感同身受，冷言冷语、讥讽嘲笑马上变成热情赞美，而我还是那个我。正因为见过假、恶、丑，才会更加珍惜真、善、美！落榜时，朱老师用苏轼的诗歌安慰我"云散月明谁点缀，天容海色本澄清"，当我终于走出阴霾，本来想起苏轼的"苦雨终风也解晴"，但心里却也无风雨也无晴，风雨洗礼后反而是淡泊、从容。十多年漫长的岁月里，我个人生活发生过数不清的悲欢离合。我也终于明白，有一些感受、智慧，竟然要用这样漫长的岁月和沉重的代价才能获得。正因为成长，才顿悟篇篇文章是如此真切，如此动人，亦如此真实，不仅可以让你感到生命的脉动，也可以引导你走向更开阔的心境，从而探索、品味更丰富的人生。

　　去年安刚从美国回来，而我又马上要赴美，茹已毕业去昆明，本来说好的三人之旅也无法实现。人生不相见，动如参与商——参星和商星白天晚上交替出现，不可能同时出现在苍穹，生活中每每都在上演这一幕。茹说过年会来北京，但过年我在西安，等我回来她已走，此去经年，下次见面不知何时。何时一樽酒，重与细论文！一会儿在西安，一会儿在北京，然后又来到异国，夜里醒来想不起来自己在哪，梦里不知身是客，写得真好。朋友发来西安大雪的照片，身在异国的我热泪盈眶，万里故园今夜永，遥知风雪满前山！我真的不明白思想政治课为什么要讲大而虚的理论，而不通过对诗歌的学习去感受诗人对故土家园的爱，从而自然就起到了爱国主义教育的目的，诗教。

　　没有文学，人生多寂寞啊！

文学艺术与宗教信仰

　　苏轼在海南时，海南荒蛮之地无他物，唯有陶渊明、柳子厚诗文数册常置左右；如今我身在异国，我不敢说美国是穷乡僻壤，但从某些方面来说意义是一样的，还好有东坡集数册置于案头，日夜相伴。

　　很多基督教的朋友，很善良友好并鼓励我信仰耶稣，但我很难迈出这一步，因为我已经有信仰了，就是文学。离开曾经工作的地方已经十年，这十年很多人问我："你究竟得到了什么？"答曰："改变了我看问题的角度和思维的方式。"他们一定想这人肯定是学傻了。正所谓：不知我者谓我何求，此中真谛不足为外人道。我觉得无论是基督教的朋友对宗教的执着，还是我对文学如信仰般的热爱，都是一种修行的过程，殊途同归。《圣经》在我眼里，我更愿意把它看作是充满智慧和美、善的文学作品。而在教堂里，我也终于理解了文学作品里有关宗教的情节。比如欧·亨利《警察与赞美诗》的结尾，小偷听着教堂的圣歌终于决定开始新生活；《悲惨世界》里，冉·阿让偷了神父的神器被抓，神父说这是他送给冉·阿让的，十八年的牢狱生涯并没有改变冉·阿让，但神父的宽容和善良却真正救赎了冉·阿让的灵魂。文学和历史不同，历史是当权者的历史，而文学是人类心灵的历史，在和历史上伟大人格和心灵对话的过程中，不断提升自己，也是一种自我修行。中国古代没有职业文人，大部分都是有官职的。如曾国藩，你在史书里看到的是他的一面，况且由于编者的思想倾向不同，你得到的观点也不同；但在《曾国藩家书》里，你可以全方位、立体、真实、细致地了解他的内心世界，他对孩子们的谆谆教导、对国家生死存亡和自己家族命运的担忧。如他教导孩子们必须谨言慎行，因为一旦像他们这样的大家族败落了，日子还不如平民百姓；他把勤俭、不睡懒觉当作家规，即使家道中落，心理落差也不会太大，依然可以心态很好地生活，这是清代一人之下万人之上的高官，其素质让人高山仰止。每当我看见家长抱怨国内教育时，固然教育制度我们改变不了，但是家庭教育才是教育的主体和决定孩子未来和人格的根本，家庭教育似乎被严重低估和忽略了。再回到苏轼，王国维评价苏轼，即使没有文章，人格也是独步千古。林语堂写苏轼，有人说他写不了，因为你必须和苏轼一个高度，不然有些事情你用你的小肚鸡肠去揣摩人家的胸怀肯定是不对的。比如苏轼有个朋友帮过他也害过他，但当苏轼得知这位朋友被贬时，还给他的家人写信说那个地方他去过还不算太差，让他朋友的家人不要过于担心，这是怎样的一种胸怀啊。

艺术与宗教就像一对孪生姐妹。比如我喜爱的魏晋南北朝，仔细考察这一时期的时代背景，战火纷飞、朝代更迭频繁，但宗教和艺术却大放异彩，为什么？因为当人经受极度苦难的时候，只有艺术和宗教可以救赎痛苦的灵魂，听牧师布道（我并没有接受洗礼），当大家唱圣歌时，我内心涌起一种莫名的感动，艺术和宗教到了一定程度是相通的，产生它们的心灵都是纯净的，最纯净、最真挚的东西能够战胜痛苦和邪恶，仿佛悖论，但又是真理。因为千百年来，平凡而卑微的人类之所以能够承受无尽的苦难一代代繁衍生息，就是因为生命本身的纯粹和美。对艺术家本人而言，艺术之路就是一条自我救赎之路！

中国艺术精神

老舍先生说:"去过世界上那么多国家,但是总觉得那个好是别人的;我还是想我的北平,你问我想北平的什么,我说不上来,也许是玉泉山的倒影也许是后海雨后的一只蜻蜓。"去年的美国之行,我决定一定要再来,带着孩子再来,因为这才叫发达国家,国民素质和社会文明程度极高。新泽西号称花园之州,处处风景如画,但脑海中总是回荡着老舍先生的话,总觉得少了一种味道、一种情怀,这种说不上来的东西,就是诗意!中国所有的艺术形态其核心都是诗,所以说我们是诗的国度。

朋友让我给她推荐书法理论方面的书,我推荐了孙过庭的书谱,就像刘勰一样虽然写的少,但都是经典,可还是觉得对不起朋友的咨询,说了一大堆,也确实是我一直以来的想法——中国艺术是一个有机的整体,必须把诗、书、画、音乐,甚至建筑园林放在一起玩味。刚好爱好书法的刘老师写了几个字让我看,刘老师觉得发挥得不太好,我说:"因为'气',你最近气不顺。"我喜欢朗读古文,特别是欧阳修和苏轼的,在反复品读中才会明白:欧文如澜、苏文如海,文气使然。我读苏轼文章时,有一种感觉,一气灌注、气势磅礴。孙老师研究书画理论,他说有些画家问他怎么能画出庄子的意境,他觉得这个问题很奇怪,你得是惠子的高度才能理解庄子啊,内化以后把感悟和理解表现在自己的笔下。猪宝问我庄子讲什么,我说就是一本和惠子吵架的书,棋逢对手才能吵起来啊。如果你只是从书法的角度欣赏《兰亭序》,得出任意挥洒、行云流水的结论,而没有文学感受力,那么作为审美主体的你,审美体验就大大降低了。当你人到中年,看见向之所欣,俯仰之间,已成陈迹的内容,再看王羲之的字又如魏晋时代风格,自由不羁,就像一个人的青春期一样,这种强烈的反差形成巨大的审美张力,从而增加了审美体验的深度和感染力。苏州园林,处处是字画,这也是中国古典园林的有机组成部分,西方园林建筑再美,没有这种诗意,我认为中国艺术精神最核心的就是诗、诗学，或者说艺术本身就是一首诗！如在青莲句里行。我也明白为什么自古江南出才子，他们的日常生活就是诗，诗就是日常生活。苏州山塘街黄昏时分，精致的古建筑倒映在小桥流水中，红灯笼更添一分如梦似幻的诗情，这时阁楼里隐约传出昆曲《牡丹亭》的唱词"如花美眷，似水流年"，此情此景真是让人不知身在何处。一次看见一幅摄影作品，苍茫落日映着城墙，一串红灯笼随风飘扬，我被它的美震撼了，说不上为什么久久回味，直到看见庾信的诗：落日满荒城。还有一枝梅花映着初雪的城墙，寒梅映初雪。我一直认为好的摄影作品，好的电影，一定要有诗意！

如果你一边听着《春江花月夜》的曲子，再一边欣赏《春江花月夜》的诗，假设又偶遇这样的情景，春、江、花、月、夜，那是什么感觉，人的一生也不过只有几个这样的瞬间而已。

走向自然生命

有人认为中国文化缺乏理性精神，因此无法达到自然界和人性中的真实，可这正是中国文化和艺术最吸引我的地方。

文学理论《文心雕龙》，不同于西方文学的逻辑分析、定义，而是本身就是诗，用诗一样的语言表达精深的思想，中国文学、艺术的精髓是气韵生动。一位哲学教授居然说中国没有哲学，中国的哲学是生命的哲学！西方哲学，包括艺术，人和自然是对立的，而中国的哲学、艺术，核心是人与自然的和谐、平衡，这一点中国山水画表达得更直接，水墨画中的山山水水、花鸟鱼虫，不是静止的，而是一个自然的、活泼的、生趣盎然的世界，齐白石笔下的鱼、虾，皆若空游无所依。唐代庞蕴居士对禅有精深的理解，看见漫天大雪，纷纷扬扬，天地在一片混茫之中，不由地感慨"好雪片片，不落别处"，禅客问道那落在何处。其实庞居士的意思是不对雪做任何评价，禅宗强调的是融入世界，强调心灵的感受，"好雪片片"就呈现在你眼前，你就尽情欣赏。这就是诗的本质，好的诗歌并不一定要有什么道理、情怀，只是给你展现一个清澈纯净的世界。内蒙古大草原上，天边看远树，这句诗忽然就浮现在我脑海中；罗德岛的海边别墅，夜深人静，青灯古书相伴，耳畔忽然传来秋虫的声音，一切静得不可思议，"雨中山果落，灯下草虫鸣"，"相看两不厌，唯有敬亭山"。

　　中国文化一个重要特点就是，文史哲不分家。《庄子》、《诸子百家》、《史记》，文史哲专业基础课都绕不过去。我把《文心雕龙》定义为魏晋南北朝之前的文学史，刘勰把前代有文字记录的文献都囊括其中了，老子言美言不信，然五千精妙，非弃美也！这也是哲学、历史被纳入文学的原因，非弃美也。《孙子兵法》乃百代谈兵之祖，但又一而再、再而三地强调"慎战"。国君不可以以自己的喜怒发动战争，情绪可以改变，国家灭亡就没有了，人死了也不能复生。这是强烈的理性精神，人本主义！刘邵的《人物志》中，对各种人才的分析，深刻而有力，中肯而不偏颇，有些人力资源部门都把它作为教科书，刘邵重才性、性情，也是魏晋时代对自然生命的崇尚使然；刘邵以中和为贵，中和之质，必平淡无味，故能调成五材，应节变化，显示出他对人性本质的洞察和判断的理性。刘勰的《文心雕龙》，全书以"情"为主线，作者情动而辞发，读者披文以入情，但又时刻强调"理"和对"度"的把握，任情失正，文其殆哉！谈文学鉴赏，照辞如镜，平理若衡！《序志》篇，有同乎旧谈者，非雷同也，势自不可异也；有异乎前论者，非苟异也，理自不可同也。同之与异，不屑古今，擘肌分理，唯务折衷。这句话即使在今天，也可以放在任何一篇论文的结尾。

　　我们忙着生、忙着死，追名逐利，熙来攘往，可是忽然有一天为了天边一片闲云，一朵开在墙角的小花落泪了，那么这滴泪就是生命存在的全部意义。

语言的魔方

　　少年时代，我第一次看到冰心、郑振铎的散文，年少轻狂的我不屑一顾，觉得自己也可以写出那样的文字，直到我看见郑振铎翻译的《泰戈尔文集》，我马上就觉得自己渺小到尘埃里去了，才知道什么叫学贯中西。后来看见别人翻译的《飞鸟集》，我都忍不住用铅笔把郑振铎的译文附上。

　　日本有很多汉学研究者，我每次看他们的学术论文时，总觉得表达不够清晰流畅。蒋寅和卢盛江先生翻译的日本关于中国古代文学学术的论文，语言表达非常到位，一开始我以为是他们编纂的，后来才知是他们翻译的。怪不得呢，林文月说一本书最好的读者，就是它的译者。相对于丰子恺译的《源氏物语》，林文月以纯熟的日语功底、女性特有的细腻笔触、清丽的文笔，使译作有更多的"日本味"。同样翻译一首和歌，丰子恺版："欲望宫墙月，啼多泪眼昏。遥怜荒邸里，哪得见光明。"林文月这里则呈现为："云掩翳兮月朦胧，清辉不及荒郊舍，独有一人兮怀苦衷。"的确，看见唐诗一样的译文我们会觉得很亲切，而对日本人来说，相对于审美对象，审美方式更为重要；而审美感受和人生体验，又往往融为一体……因此我觉得林版楚辞体更能反映出日本美学以悲为美、暧昧缠绵。历时五年半，当林文月翻译完《源氏物语》，从窗口远眺，世界睡了，只有她和紫式部醒着，"我当时感觉紫式部就站在我身后"。林文月是台湾研究六朝文学的教授，从中国古典文学中汲取养料，文字才那么典雅。之前，朋友说翻译汉诗如何重要，我当时认为诗就是翻译中失去的东西。渐渐地，我对文学翻译这件事的态度也变得宽容了，只要你有足能的能力驾驭两种语言，未尝不可。

　　我始终认为，外语水平所能达到的上限是由母语决定的，这是以上学者能做好文学翻译的根本所在。当下，翻译作品水平日趋低下，不是翻译者外语水平不行，而恰恰是中文能力不足。叶嘉莹先生在演讲中谈到中文表达能力的重要性时，举了一个例子，一位女子听到李商隐诗歌后发出了这样的感叹："谁能有此？谁能为是？"这是两层意思：谁有这样的情怀？谁又能把这样的情怀表达出来？先生说她每次演讲完，总是有很多不同年龄段的同学围着她说，对生活也有很多感触，但是不知道该怎么表达，先生说这真是一件令人惋惜的事情。

绣帘开处一书生

和一位华裔女孩聊天,想练练英语,我见到这个女孩时,我的眼睛没办法从她身上移开,看得她都不好意思了。我连忙解释,让她千万别多想,我只是很吃惊,她身上有一种中国古典的气质,不是单纯的大家闺秀那种感觉,而是像南朝才女谢道韫那样的书生气,绣帘开处一书生……

张蕾老师讲到《玉台新咏》的成书过程,宫廷贵妇不屑于做女工,对打扮也没什么兴趣,那就著书立说吧。但就她们所撰内容就能想象出她们的精神面貌,还是过于纤细、琐屑,最重要的是没有一种独立的文学价值,只是男性社会的一种娱乐而已。历史上很多事情,史书上只是云淡风轻地一笔带过,但对于当事人来说,却是一部血泪史。文姬归汉就是这样,二十三岁的蔡文姬被胡骑掳去,在异域生活十二年,后来曹操想起文姬的父亲蔡邕,于是重金将文姬赎回,关于曹操赎回文姬,还有一层原因,他们都是建安文学的代表人物,是英雄之间的惺惺相惜。一边是故土家园,一边是两个孩子,这也是戏曲里面为什么能把这出戏唱得千回百转。文姬归汉也好,四郎探母也好,都把人物的矛盾心理发展到极致,把美撕碎了给你看。历史上元代和清代是少数民族建国的朝代,而当你看见倪云林的画和元曲,再看看乾隆皇帝在《秋江渔隐图》上的题诗,你并不会感觉到已经改朝换代了,中国就是这样一个奇妙的国度,并不是从民族和疆域上划分,只有文化的中国,这也是文姬宁愿和骨肉生离也不愿意待在匈奴的原因——没文化。有着诗人气质的政治家曹操想起蔡邕的藏书在战乱中散失,感到很遗憾,文姬说还可以背出四百篇,曹操大喜,此后文姬一直从事修书工作。诸葛忆兵在《李清照与赵明诚》里有一句话,一个女人在四十岁如果还可以得到丈夫全部的爱,即使在今天也是不多见的。这句话透露出一个信息,赵明诚也是有妾的。他和李清照既是夫妻又是有共同志趣的朋友。最配得上"绣帘开处一书生"这句诗的,当属柳如是。她是明清易代之际的名妓,古代有才华的妇女,除了个别像李清照这样出身高贵的，其他往往都是青楼女子，女性反而是因为地位低贱才有机会受教育。不过她们的气节和思想境界，倒是比正人君子更可敬可爱，身份低贱，却巾帼不让须眉！柳如是有着深厚的家国情怀和政治抱负，徐天啸评她"其志操之高洁，其举动之慷慨，其言辞之委婉而激烈，非真爱国者不能"。她经常与东林党人纵论时事，后来嫁给钱谦益，我反倒觉得白璧微瑕，钱谦益无论从哪方面都配不上她，尤其是在民族气节和生死大义上，最后为钱谦益的家事她还搭上了性命，一代才女就这样香消玉殒。我曾经和朋友探讨过，为什么中国男性文人从古至今都特别软弱，反而女性是那样光彩照人，朋友说因为女性的地位让她们没有太多的选择，没有退路，反倒活得纯粹、干净。刘姥姥进大观园走进潇湘馆，她问这是哪位公子的书房啊？林黛玉是一种近乎病态的书生气，她焚稿断痴情，最近写作的过程中我才体会到什么叫呕心沥血，也才更深刻地体会到把自己的作品烧了是什么感觉，也不一定是断痴情，只是觉得世上已无知音，怕被亵渎、糟蹋了。

致石油附小二(一)班和二(二)班的同学们

同学们好:

短暂的一学期就要过去了,回想起这几个月和你们度过的点点滴滴,虽然大家有时也很调皮,但是你们的天真、单纯和可爱也深深地打动了我,感谢石油附小给我这个机会让我在不经意间路过了你们的童年。曾经有人问我,讲了这么久,会不会到最后没什么可讲的了。会吗?答案当然是否定的。老师这学期教给你们的知识,只是国学里的沧海一粟,就像大海里的一滴水。那我能做的是什么呢?就是告诉你们,看啊,那边有一处风景真美,然后需要你们自己在今后漫长的日子里一点一滴用心去发现,去了解,去感受……

我曾给你们讲过,一个人如果不了解自己国家的文化和历史,是很难生出爱国之心的。我们国家的文化非常灿烂,在文学、书法、绘画、艺术方方面面都有自己民族的特色,使我们始终以一种独立的姿态屹立于世界文明史中。同学们知道吗,我们的语言和文化就像一颗宝石,它炫目的光彩吸引着各国人民。唐代的时候,日本有个叫阿倍仲麻吕的人,他非常向往长安,于是在十几岁的时候就来长安留学学习中国文化,这一待就是三十多年,他五十多岁时坐船回日本,途中遇难,他在长安的朋友都以为他死了,写了很多诗表达伤心之情。其实他并没有死,后来历尽艰辛又回到长安继续做中日文化交流,他活了七十多岁,他的中文名字叫晁衡,在长安前后待了五十多年,同学们你们说这个日本人在中国的时间长、还是在日本的时间长呢?有部日本名著叫《源氏物语》,书中人物表达自己情感的时候就经常引用白居易的诗歌;宋代苏轼的诗词也在韩国得到广泛传播。美国有个叫宇文所安的孩子,他在十四岁时就准备把自己的一生奉献给中国的唐诗,在之后几十年里他把《全唐诗》看了无数遍,现在他是哈佛大学东方学院的教授。每当想起这个黄头发、蓝眼睛的西方人在布满常春藤的校园里讲授中国的古典文学,我就非常感动。

汉语作为我们的母语,我们又有什么理由不把它学好呢。学好汉语,并能够运用它自由地表达自己,你们知道是件多么美妙的事情吗?让我们一起努力吧。

胡元
2015年6月24日

梦里不知身是客

第六部分
生活感悟

梦里不知
身是客

标准化

贾平凹去陕北农村,问放羊娃:"你为什么放羊"答:"娶媳妇。"娶媳妇又为啥,生孩子;生孩子又为啥,放羊;然后呢,娶媳妇,生娃。乍一听觉得很可笑,但反观自己的生活,也是在不同程度上重复这种模式,标准化的人加上标配。一些相亲节目、或广告,说了半天,房、车、身份、地位、财富,我就奇怪没有一点是和这个人相关的信息,只是标配而已。古代戏曲、小说里穷秀才爱上富家千金,结局都是中状元才圆满。自古价值观就太单一,官本位!有两个男孩子追朋友,朋友一时间难以取舍,我让她"裸比"——把所有的外在条件都去掉,她恍然大悟,其中一个人去掉这些后,竟然一无是处。

老杜和我年龄差不多,也在读博,狂热地喜欢音乐,经常去国家大剧院门口和黄牛斗智斗勇,每次看见他写的乐评,我都很感动,音乐家用生命在演奏,他也用心灵和生命在解读和品味。"听"千曲而后晓声,深识鉴奥,欢然内怿!我和小丹总是跟他开玩笑,让他听完音乐会必须打车回家,不能乘坐做公共交通工具,不然别人会以为是神经病。因为他整个人还沉浸在乐曲中,身体随着节奏在晃动,至人游于至美而得至乐。我问老杜:"那你爸妈叨叨你不?"他说:"我在做自己喜欢的事情,为什么要叨叨我呢?他们也买了各种各样的长枪大炮,满世界摄影。"他父母的态度让我很羡慕。我妈总是不停地叨叨我,核心也是我没有成为她设想的标准化的人和拥有标配。她总是说她同学的孩子多么听话,学了父母指定的专业,有非常好的工作,丰厚的收入和待遇,房子也好几套。妈并不是一个势利的人,只是她太爱我了,那种状态是她认为我应该拥有的美好生活。以前我还顶两句,现在妈年纪大了,想说就说吧,反正我知道那些不是我想要的,我只是告诉她,我现在虽然没有标配,但是我真的很快乐。

第一年没考上研究生,周围人的态度也很标准化,一种是落井下石,另一种是鼓励再考。只有兰花说:"我不认为考研和你的文学梦之间有什么必然联系，你觉得失落是因为你没得到社会的认可，但你自己可以坚持、认可自己。"王菲和高晓松，他们在人生各个阶段都很清楚地知道自己想要什么，王菲拒绝了厦大，因为她知道自己是要唱歌的；高晓松的父母想让他和自己一样成为有些文艺气息的科学家，谁知道高晓松成了懂点科学的文艺青年。高晓松从清华辍学了，花三年时间周游世界，"在路上，认识自己！"这简单的一句话里该有多少自省，多少磨练，多少取舍，多少体验；没有无奈，不是遗憾，而是一份不流于俗的胆识和崭新的自信！国内没钱上学的学生，新闻报道为其募捐。国外很多学生，如果没钱上学，就先打工赚，然后再上学，上学期间忽然又想当义工，休学再回来。一开始我觉得匪夷所思，并且浪费时间，但随着阅历的增长，我的看法改变了。成长不是看课本这种小书，而是生活这部大书。带猪宝来美国上学，一开始有人反对，觉得孩子回来跟不上应试教育，打乱了正常的学习。我就是要让孩子感受到世界的丰富多彩，包括教育方式，不只一种，况且我坚定地认为孩子得到的绝不仅仅是知识，这两年的生活对他的思想、行为，乃至今后的人生一定会产生深远的影响，让他终身受益。

胡兰成曾点评一个人：什么都好，就是标准化得没有内容。

城市之光

古代很多穷书生，以抄书为生，田晓菲《尘几录》里说很多诗词谬误，都是在传抄的过程中发生的。印刷术产生之后，文化得到了广泛的传播，这也是中华文化造极于赵宋之世的一个原因。宋代对文化的重视，经济的发达，也使得宋本书成为古籍善本的代称。

五道口又一家书店倒闭了，越来越多的书店或倒闭或缩小规模。香港作家梁文道每次去北京都会去万圣书园，相比以前的规模，万圣书园也缩小了很多，不知道它还能撑多久。大学时代，校门口有家汉唐书店，主要是经营中外文学方面的书籍，现在这样纯粹的书店越来越少了，全是辅导书。来美国后，孩子学习很吃力，想买教学辅导书，结果连课本都没有，更别提参考书了。社区图书馆里其中一半都是孩子们的书，绘本、儿童小说。我陪猪宝看书时，也翻阅了很多绘本，它们用最简单的语言讲述最深刻的道理。我惊叹于其中深刻的哲理和丰富的想象力，其中一本以彩笔对小主人内心独白的方式讲述故事，其间蕴含着做人的道理。社区图书馆随处可见带着孩子读书的父母，还有各种各样的读书活动。参加读书会，孩子们每人读一段，然后讨论下面可能发生的情节，点评人物。这种读书方式、方法，是我们到了研究生阶段才有的啊。刚开学，老师在给家长的一封信中提到，在各方面，将要教会孩子什么。我在寻找英语这门课，但是没有，而是Language art(语言艺术)，通过阅读优秀的小说提高写作水平。事实上，你从阅读中得到的绝不仅仅是学习能力的提高。中国书店倒闭的原因之一，就是大部分中国人离开学校就是学习的终结。老妈有位朋友回忆在五道口上大学的生活，她说印象最深的是，有些衣着朴素、貌不惊人的人手里拿的书，你可能一辈子听都没听说过，更别说看了。我对猪宝说："课本只是认字的工具，好文章都不在课本里，你要尽可能地多阅读，并养成终身阅读的习惯。"一位文科状元说考试成绩的确有运气成分在里面，然而我绝不会因为我的语文成绩高低而否定我的中文阅读能力和理解能力。其实语文成绩和阅读水平的关系，就像五十步和一百步，阅读能力提高了，语文成绩自然就上来了。文科班时，我前面坐了一位天才儿童。他永远在看小说、杂文，模拟试卷的作文他从来都不写，他说高考肯定不会考那个题目，即使不写作文，他的成绩也和我们差不多，他后来考上了北大中文系。

我们这个民族真的很奇怪，我曾给孩子们讲，我们是一个诗的国度，如此浪漫、如此诗意，但是又如此现实、功利。有位大妈到书店，直接问有没有能够增长智慧的书，店员马上带她到成功之道的专柜。殊不知，功夫在诗外。一生只要把先秦几部经典看通就行了，那就像母书，其他都是由此生发出来的。《庄子》里的人生智慧，大美无言。子曰：天何言哉？四时行焉，万物生焉，天何言哉？考博时，导师让我报清华，但清华要考古文断句，而我没有信心，问导师如何提高古文阅读能力；导师答曰只有多读、多看，没有任何捷径可走。同学去考了，试卷上就六个字：说校勘、说声律，十页A4答题纸，我不禁唏嘘：真是在考你的古文功底啊。

开蒙的时候，一个人走进一家什么样的书店，翻开一本什么样的书，也许会改变人生走向。在精神食粮极度匮乏的年代，陆川和朋友们去库房偷书，偷完回来抓阄分书，他抽到的是——北京电影学院笔记。

大爱无疆

钱穆先生有篇文章，他举四郎探母为例认为中国人的世界是人情的世界。辽国公主为四郎偷了令牌，萧太后事后并没有追究，结局皆大欢喜，钱先生说了中国人的世界里，天理不外乎人情。我看到的是辽国公主的大爱，爱是成全。合上书，我的思绪回到一千多年前这一夜，四郎在辽国隐姓埋名多年，今夜要去宋营看望老母佘太君，怎么对公主说明自己的身份，自己的前妻还在宋营；公主深明大义，明知四郎也许此去不会回来，但是她不想让深爱的人为难，偷来母亲的令牌——这才是大爱，更是智慧和胆识。我终于明白为什么京剧戏迷会把同样的剧情看千百遍，那里有世间最纯净的情与理。不像狗血剧情和现实人生，明明让你死去活来，还说多么爱你，真的太苍白了。人在现实中无法满足的只能在审美中得到补偿。

大学毕业，本来已经办好了出国留学的手续，我任性不去；老妈赶快托人给我找工作，我还是任性不去；在陌生的城市，无所事事，母亲看到我的生活状态，哭了，当时包括此后的很多年，我都不能理解她，就觉得她爱唠叨让人烦。直到有了儿子，我一想到如果儿子受过高等教育，自暴自弃什么也不干，我的心都碎了。十年后，我为母亲十年前曾为我伤心而哭了。正是在母亲的压力下我有了第一份工作，当时尽管百般抱怨，但我不得不承认在那几年我迅速成长了，至今想起福田公司总是有种特殊的感情。真正爱你的人，不怕你成长，只会为你没有成长而心碎！

小时候和朋友玩，口头禅就是如果你不怎么怎么样，我就不跟你玩了。很可笑，但是百试不爽！成人世界里，其实也只是以不同的形态和方式上演着相同的故事。为什么母爱最伟大，它更接近爱的本质——无条件！经典的爱情故事也有这个共同特征。真正的友情和爱情也是如此，无他，只为心心相印的那份默契和温暖。

等云到

在创作过程中，我才明白古代文学理论中关于创作灵感的描述，作诗火急追亡逋，清景一失后难摹；古代诗人都随身带个卷子，我现在也有随身卷子，灵感一闪而过，不可复现。朋友问："你早上睡懒觉吗，能送我去机场吗？"我说："你知道凌晨五点的新泽西吗？我已经起来写作了。"的确，每次都是文不加点、一气呵成，写作过程本身并不长，但是晚一点儿就不知道文思还在不在……

我曾经很后悔小时候对素描、钢琴、书法等各项才艺都只学了三个月，最近我的想法有所转变。朋友的儿子钢琴学到五级的时候，他问儿子还想学吗；不想学，就干脆地结束了，他也没让孩子坚持。他告诉我现在我们培养孩子也一样，我们并不知道他最爱什么、他的天分在哪里，即使是他自己也很难意识到，怎么办呢？那就带孩子去碰，就像拿着榔头在每一个石头上敲，发出不同的声音，总有一天会发现那个和自己心灵最深处的颤动一致的宝石。探索，才会发现。我忽然要感谢爸妈的这份放纵了，让我在遇到真爱之前没有把自己耗尽。而那些所有只坚持了三个月的才艺带给我的是一种深入骨髓的审美鉴赏能力，当陈老师背诵《春江花月夜》时，我才有能力从心灵深处去呼应，这次我终于找到真爱了，二十多年来从未改变。小学，爸给我充分的自由，六年级时我实在是玩腻了，一股来自灵魂深处对知识的饥渴让我奋起直追，出乎所有人的意料考上了重点中学。有人问我这么喜爱文学，一定让孩子读了很多诗词吧，没有，我在等，等他自发要读的那天。有段时间儿子忽然对朝代更迭特别感兴趣，我给他介绍了一套历史读物让他自己探索，儿子经常跟我探讨他读后的感受，他说在史书里发现很多课文里谈到的人和事，但更生动、有趣，我说课本只是识字工具，要想丰富自己必须看课外书。写作的时候，我有一个假想读者，那就是十年之后的儿子，我想把自己前半生所有的经历和智慧以这种形式告诉儿子，但不是现在，而是当他在成长过程中第一次跌倒、第一次失恋、第一次无助、第一次对人生发出生死大问，用随身听堵上耳朵拒绝和我交流时，我把这本书送给他，这是妈妈写给他的一封封家书，我会耐心地等到这一天……

朋友说最聪明的小儿子在谷歌公司，公司就像大学一样提供衣食住行所需的一切，他白天工作，晚上睡在独木舟，他挣的钱呢，都捐给教育事业了，朋友对孩子的生活状态有些担心，又有点儿心疼，可我感受到的是一个生动的、活泼的、个性的生命，也只有这样的人才可能有创意！谷歌公司自由的气息弥漫在每一个角落，给员工最大的空间，他们深刻地认识到未来的竞争是创意的竞争，制造业随着科技的发展会消失，被自动化大生产全部取代，唯有创意，凝聚着人类智慧的创意——永远也取代不了。创意就像灵感一样，不期而至，入兴贵闲，只有一个人在身心非常放松的情况下思维才可能活跃。这也是我一直认为思维要比知识重要得多的原因，没有创意的科技人员，就像没有诗意的诗人，就算看的书再多，也只是两脚书橱。作诗和诗意是两回事，很多人只是作诗的人，并不是诗人。如同科技工作者，不一定就有创意。文学史和艺术史上，区别艺术家是一流、还是二流，最关键的一点就是是否开创新的艺术形式。

旧金山，来来回回路过几次金门大桥，我有些失望地想：盛名之下，其实难副。一天早上，我们从郊区驶向渔人码头，金门大桥云雾缭绕，美轮美奂，气势磅礴，我被震撼得说不出话，自始至终都忘了拍照，也终于明白了刘勰说云霞雕绘有逾画工之妙，还有王国维笔下的无我之境：物我两忘，大美无言！

大自然的日历

惊蛰，一声炸雷万物复苏！抬头的瞬间发现树枝都抽出了嫩芽，忽逢春至惊客心；昔我往矣，杨柳依依，不知不觉一年的时间已倏忽而逝。我仔细观察过，那些嫩芽抽出后，只要几天就转向深绿，夏天就来了。

立春的时候去接Irina，她说："搞不懂你们的节气，春天在哪里？"北海公园，我们一进门就看见一树梨花，在树下合影留念。Irina说这里让她想到了纽约的中央公园，分手时本来我说完再见转身要走，她把我叫住了，给了我一个深深的拥抱，两个月的接触她感到我做事优柔寡断、内心软弱，说："你必须强大起来！"我轻声在她耳边说："春天来了。"别时容易见时难，人生中经历过多少这样的瞬间，一个转身就是一生。十年之后，我在秋风萧瑟、黄叶满地的纽约中央公园看着人来人往，拍照留念，忽然想起了已经在德国定居的Irina，想起北海公园东门的一树梨花。梨花过后是清明，顿觉天朗气清，惠风和畅，仰观宇宙之大，俯察品类之盛，所以游目骋怀，足以极视听之娱，信可乐也。本来应该春分去玉渊潭看樱花，我和茹清明过后才去，只剩一些桃花了，可茹还是很高兴，说这可能是她在北京的最后一个春天了，谢谢我陪她。夏至，和雅宁姐走在汉江河边，暗香浮动月黄昏，什么花？我们循着香气而去，是传说中的栀子花。我们禁不住摘下几朵拿回家，香气久久不散，当我们回首那些少年时代的往事，暗香阵阵飘来……当紫薇花开满校园时，毕业季就来了，青春是铁打的营盘，我们是流水的兵，三五成群的孩子映着花留影，那青春的光芒，老天也要让三分！年年岁岁花相似，岁岁年年人不同。处暑，西湖，倾盆大雨打在了三秋桂子、十里荷花上，眼睁睁地看见几朵开得饱满的荷花一片片被打落了，逆风如解意，容易莫摧残。雨过天晴，有人在断桥上唱千年等一回，我回首望百年桥上万古月，朦胧淡月云来去。秋分，北语梧桐大道插满了万国旗欢迎新生，两排高大的梧桐树像两扇金色的大门，落叶随风扑面而来，我不知道要走到哪里去，也忘了自己从哪里来。霜降，树叶已然变得金黄了，儿子骑着小车拼命地向前，边骑边喊："妈妈追我、妈妈追我！"阳光透过树叶晃得我睁不开眼睛，转眼儿子长大了，和我站在清华大学的银杏树下流连忘返，流年暗中偷换！从立冬一直到现在，每天晚上回家时，猎户座总是清晰可见，我曾经在不同的时空和不同的人也看见它，倬彼云汉，为章于天，孤单的夜里抬头仰望这些永恒的事物，才让自己觉得心里有着落……

冬至，新泽西前一天还温暖如夏，第二天就大雪纷飞。刘老师说："来我家吃饭吧。"我不敢开车，常年在东北生活的她说："没事，我接你们。"吃饭、聊天，晚来天欲雪，能饮一杯无。还喝了点小酒，围炉夜话，谈我们喜爱的诗词，他乡遇知己，酒逢知己千杯少。星星和星星的相遇，要亿万年！趁着月色我才离去，居然成了诗中之人——风雪夜归人。

无常

醉心名利的人往往被财富和地位蒙蔽了双眼，没有认识到自身的能力与余暇，当然也看不清人生的真相。艺术家，尤其是诗人，特别是中国古代的诗人，这种对人生无常之感非常强烈，因此对自然界万物极其敏感，而这种对自然界回应的情感又是最易引起共鸣的。

魏晋人最深情，也是表现在对自然人生无常的感喟。《世说新语》中桓温的名句："昔年移植，依依汉南。今看摇落，凄怆江潭。树犹如此，人何以堪。"遂痛哭不已，人生在世，俯仰之间，韶华白首。正是因为人生是短暂的、易逝的，因此当我们面对永恒的事物时才愈发感到自己的渺小。《古诗十九首》是对人生无常的集体咏叹，"人生寄一世，奄忽若飙尘。何不策高足，先据要路津"；"青青陵上柏，磊磊涧中石。人生天地间，忽如远行客"。文学史上说这是人们对自我意识的觉醒，不再像以往的诗篇那样人和自然都是混沌一片，而是有着强烈的主体意识。张若虚的《春江花月夜》就是诗人向宇宙发出的浩叹，"人生代代无穷已，江月年年望相似"，它和以往咏月的诗歌不同之处，在于没有把"月"仅仅当成是观赏的对象，或者与自己合一的天地自然，而是用自己有限的生命和无穷的宇宙对比，深深地感到人类的生命不过是千古一瞬从而发出生命易逝的感叹，这是对生命价值的第一次发现，而这种发现正是通过人生的无常表现出来的。真正一流的诗人，诗歌除了诗意之外，更重要的是哲思，这哲思就体现在对人生无常的思考。刘禹锡的"旧时王谢堂前燕，飞入寻常百姓家"，"人生几回伤往事，山形依旧枕寒流"，"沉舟侧畔千帆过，病树前头万木春"。在美加边境上的尼亚加拉大瀑布前,我终于感受到了刘禹锡诗中的意境。奔腾不息的大瀑布前,一棵枯木躺倒在喷涌向前的流水中,让你不禁感叹大自然的神奇和生生不息。苏轼的诗歌中人生无常的喟叹更多,人生到处知何似,应似飞鸿踏雪泥。泥上偶然留指爪,鸿飞那复计东西。其中都蕴含着对生命的思考,对人生的感叹。汪曾祺的小说云淡风轻,看似不经意地叙述中也透露着人世的变迁和无常。他和她从小在胡同长大,青梅竹马,两小无猜,他去科班学戏,唱得不错。他在她额头上轻轻吻一下,让她等自己成了角儿来娶她。她的母亲也盼着他们早日成亲,怕他成了角儿嫌弃女儿。命运弄人,他倒嗓子了,唱不了戏,别的也不会,只好在街头卖西瓜。一天,一位贵妇打扮的女人从黄包车上下来问,西瓜多少钱,他一抬头,是她,她脸上有一颗美人痣。他想起儿时在一起玩的情景,自卑、憋屈、无奈,百感交集。解放后,文工团找他去当老师,虽然嗓子不行了,但武行的基本功还在。有位姑娘来面试,他看着她,怎么和那个她那么像。他问姑娘的母亲叫什么,她在哪里。一个被岁月摧残的中年女人站在门口,甚至没有勇气看他一眼,是她,就是她,脸上还有那颗痣。这次匆匆一见和多年前西瓜摊那次见面,仿佛隔了三生三世。晚上,他女儿要吃西瓜,他娴熟地切着西瓜,女儿说:"爸,你切得咋这么好呢?"他淡淡地说:"还没有你的时候,我就是靠卖西瓜过活的。"正应了那句话:你昔日看不起的,今天也高攀不上。这里有对人生的无奈,更流露着生命的无常。

世上名利人,相逢不知老。这些话,何等平常,可在这世间,相逢不知老的人毕竟太多了,因此这些话都成了空言。我喜欢元曲的活泼诙谐,更喜欢里面无常理的平常心:断桥头卖鱼人散,渔樵林泉下偶然相遇,闲话古今……

蹲下来

普利策摄影奖入选了一张照片,一位身材高大的警察弯下腰和小朋友说话,里面弥漫的温情像电流一样瞬间击中所有人。儿子在美国学滑雪时,冰天雪地,教练也是跪在雪地里和孩子们平视授课的。朋友写了本文学方面的书,他说阅读对象是小学生，这本书画面精美、充满诗意、文笔流畅，如果不加这个限定性从句的话，真的是非常好的文学普及读本，但如果阅读对象是小学生，有点儿难。

给小学生讲国学并不是件容易的事，你已经很熟悉的词语、句子，孩子们并不太懂。有一节课我想讲我们是诗的国度，我放了一段《大秦岭》的片头曲，歌词全是唐诗，背景是古都长安，看完后，我问学生的感受，一位萌娃一脸严肃地说："我觉得非常恐怖。"这个答案完全出乎我的意料，这也是我喜欢和孩子们在一起的原因，你总是能得到完全不同的看世界角度和方式。有小学生问我："老师你觉得诗里写的那些都是真的吗？"我答艺术的真实；孩子们又问什么是艺术的真实？答：相对于历史的真实，文学是艺术的真实；问：什么是历史的真实？答：历史的真实就是掌握权力的人写的历史所呈现的事实。孩子们像小王子一样，一旦提出问题，无论你如何偏离主题也忘不了，又问：什么是艺术的真实？答：事件也许是真的，也许不是，但其中的情理却是真的。他们班主任说我不会使用童言童语，我只想使用结构简单的语言去最大限度地表达思想，但我不会在语言形式方面做太多改变和妥协。

美国的社区图书馆，有一半都是儿童读物，我经常翻阅寻找灵感，渐渐地我发现这些儿童读物非常有趣，完全是通过孩子的视角看世界，语言和我不谋而合——只是结构语法简单，思想却很深刻。有一本叫《人》的书，看完我不禁掩卷沉思，书里说这个世界上有各种各样的人，有贫有富、有美有丑、有高有低……尽管千差万别，但所有人的归宿都是一样的——死亡！图书馆也经常举行读书会，有面向大人的、也有面向孩子的，我和儿子参加过几次。图书馆管理员带着几个孩子坐成一圈，每人读一页，然后说自己对哪些情节印象最深，对人物有什么看法，对故事情节的发展有什么预期。管理员认真地倾听，也不去评判是非、对错。我曾给孩子们讲《傅雷家书》，不知道怎么讲，也不知道他们能理解多少，我干脆把里面比较简单的信件筛选出来给每人印了一份，让他们自己读，读完把自己认为最好的一两句话分享给大家，有一位小男孩慷慨激昂地念了一句类似傅雷给傅聪说的家国大义方面的话，我阅读时甚至都没有注意到，我一时之间感动得说不出话，半天才问她觉得好在哪，答：不知道。孩子们的直觉就是这么敏锐。阅读就像拿着一个锤子在每个物体上敲，发出不同的声音，这是孩子认识世界、感知世界、探索世界最快、最有效的方式。

儿子问:"妈妈,你写文章为什么要听音乐?"答:"不然就没有文思了。"儿子半天一个字也写不出来,妈妈文不加点,一气呵成,问:"你怎么偷懒还不写?"答:"我一听见你放的音乐,就没有文思了。"

放下

和Kelly躺在床上看电视剧《李春天的春天》,小姑娘捶胸顿足地说我怎么和这人这么像,我问哪像,她脱口而出都傻乎乎的。我对这部电视剧印象最深的是,当梁冰终于可以击败多年的对手时,他忽然放弃了,兴奋而释然地给李春天打电话:"春天,你知道吗,没想到在这一瞬间我感到了前所未有的轻松!"放下电话,他推倒了办公室里一直搭建的多米诺骨牌……

有人给我推荐日本电视剧《大奥》,说是日本《甄嬛传》。我看了,两部片子实在太不一样了,《甄嬛传》把人性中的恶发挥到极致,我看到的全是恨;《大奥》里面全是爱,满满的正能量,且画面和人物美轮美奂,简直就是一场视觉盛宴,出生在古都长安的我却在日本电视剧里看到了唐朝的韵味和诗意,日本女人特有的优雅、妩媚、缠绵,让我再一次为电影《艺伎回忆录》没有选择日本本土演员感到遗憾。和克显相爱却嫁到大奥的御台所笃子,本来一心想逃离大奥,但当克显来帮她逃离时,她却拒绝了。第一次是因为将军家定病了,笃子觉得不能离开他,此时的笃子已经爱上了将军;第二次,将军已经死了,笃子还是不离开大奥,因为大奥需要她,昔日的小女孩已经长大了,不再浪漫和任性,而是充满爱和担当。当叛军攻陷将军府的时候,怎么处置大奥里的女人成了问题,笃子大义凛然地和叛军谈判,义正言辞地说大奥里的女人和政治是无关的,她们从某种程度上说也是受害者,她的风采和胆识,像南朝才女谢道韫一样,竟没费一兵一卒就和平解放了大奥。笃子其实早已离开大奥在宫外修行,而且大奥里面住了很多和她斗争了一辈子的女人。比如泷冈夫人,一直没有离开过大奥的她,在大奥被攻陷的那一刻，觉得生命已经没有意义了，准备自杀，被笃子曾经的侍女阿满救下来，阿满表达了对泷冈夫人昔日帮助过她的感谢和钦佩之情，让泷冈夫人重燃生活的信心和希望。整部电视剧虽然是在讲残酷的宫廷斗争，但处处是温情和仁人之心。将军德川家茂和天皇的妹妹和宫政治联姻，将军母亲总是把和宫当作敌人，将军在一次战役中病逝，两个女人哭得死去活来，将军母亲对和宫说："你凭什么哭我儿子？"和宫拉着母亲的手，泪流满面地说："母亲大人，难道我们不能为共同爱着的人落泪吗？"内心早已崩溃的母亲一下就和儿媳抱在一起，一切的斗争、对立没想到在将军死的这一刻得到了化解。港台片的剧情全是两个人如何斗了一辈子，我后来都审美疲劳了，这也是后来香港影视业衰败的原因，缺乏文化的力量和人文关怀。

  舅舅和大姨是母亲同母异父的兄妹，他们总是和母亲保持相当的距离。前几年，母亲把舅舅和大姨接到家里说："爸妈走了以后，我们兄妹就是世界上最亲近的人，大家都已经快七十了，有什么不能放下的。"没想到舅舅却像孩子一样哭了，说当时我姥爷只对母亲特别好，对他和大姨缺少关爱；母亲也很难过，说："哥，这不是我的错，爸他也没有错，他四十岁才有我难免偏爱，后来他得了半身不遂也算是报应了，现在他都去世那么多年了，难道你就不能原谅他和我吗？"三位老人哭成一团，这次聚会后不久，大姨就去世了；前段时间舅舅七十岁大寿，母亲坐汽车翻越秦岭给他祝寿，大雪封山，在秦岭困了一夜，等她见到舅舅的时候，舅舅老泪纵横和她抱在一起，我想一定是老天给母亲一个让舅舅彻底理解她的机会，而我在大洋彼岸也默默地为母亲祈祷了一个晚上……

关于尊严的几个小故事

第一个,影片《少女小渔》。这部电影仿佛是为奶茶刘若英量身定制的,文静柔弱的小渔为了男朋友江伟不远万里偷渡到美国,江伟让她和贫困潦倒的老作家Mario假结婚以得到绿卡,在和Mario相处的过程中,小渔很同情老作家的孤独无依,而老作家也被小渔的善良和真诚打动了,从此形同父女一般,小渔的口头禅就是江伟说,江伟想让我如何如何……Mario不断提醒她:"这是你的生活。"小渔渐渐地有了自我意识,影片结尾小渔想照顾生命垂危的Mario,江伟想让她立刻离开,小渔徘徊在他们之间,最终留在了Mario身边,直到Mario去世,江伟走了,但我反而觉得此刻小渔获得了新生!生活的悖论就在于,小渔男朋友不顾及她的感受和尊严,对她的爱只能说是一种占有,反而是潦倒的Mario给了小渔尊严和自信。

第二个,电影《钢琴课》,我从大学时代就一直喜欢这部电影,不断给朋友讲述电影中的女主角Edda对钢琴如何热爱。有一个不懂钢琴的土著人喜欢她的琴声,于是他们相恋了。一次给一个文化水平不高的朋友讲这个故事时,反而是他说她丈夫一开始就把她心爱的钢琴留在沙滩上,她从一开始就活得没有尊严,所以结局是注定的!影片一开始,Edda坚持什么也不要,只要钢琴，钢琴就是她的生命，但是丈夫却不顾她的请求把钢琴留在沙滩上；后来丈夫把钢琴卖给别人，还让Edda上钢琴课，Edda非常愤怒，由于十分思念钢琴，竟然在餐桌上刻下了钢琴键，她丈夫觉得她可能脑子有问题，有人建议说：那你就把她（Edda）当作宠物呗。Edda在上钢琴课的过程中爱上了别人，并在她丈夫砍下她一个手指作为惩罚后，和懂她的人远走他乡。

第三个，电影《朗读者》，我喜欢它的一个很重要的原因就其对人性深刻的洞察，这样的题材国内只能止于不伦之恋，但影片远比这内涵丰富。汉娜被指控给纳粹做过事，指控的证据是一份笔迹，汉娜没有否认并为此开始几十年的牢狱生涯，而事实上汉娜根本不识字也不会写字，她不想当庭承认这一点，尊严可大可小，在她这里尊严等同生命！

第四个，卜易生的《玩偶之家》，娜拉为了给丈夫治病伪造字据，被人举报，娜拉的丈夫骂她：贱人！罪犯！坏东西！后来字据被退还，丈夫又像从前那样说：心肝宝贝，没事了。但娜拉已经看清了丈夫心里只有名利地位，她不过是个没有尊严的玩偶，便义无反顾地离家出走了。

这也可以看作是关于成长的故事，只是这里所说的成长不是一般意义上的从少年到成人的成长，而是成人，确切地说是成年女性，如何在生存环境和精神世界里寻找平衡和突破的心路历程，最终成长为内心独立、精神自足的人！

红舞鞋

安徒生有一则童话，讲的是女孩穿上一双红舞鞋后，神采奕奕、容光焕发地跳舞，停不下来。我看过一些"解读"，说是停不下来是因为贪欲。我不禁想到一句话，伟大诗人的作品从来就没有人读懂，因为只有伟大的诗人才能读懂伟大诗人的诗。我给同学们说评书《三国演义》，老师说《三国演义》有什么好的，都是权谋！可我看见的是诸葛亮骑驴过小桥，独叹梅花瘦；有着诗人气质的政治家曹操，怀着对统一大业的渴望，横槊赋诗。你心里有什么，你就只能看见什么。

意大利导演马丁·西克赛斯说："我就是死也是死在镜头后面的！"我想这个老头真可爱，就像一个单纯、执着的孩子，一定要做一件事，你打他、骂他、损他，都可以，只要让他做这件事，他立即破涕为笑，但笑过之后又让人肃然起敬，这才是真正的艺术家，生命不止，艺术不息。很多艺术家其实只是生意人而已，艺术生命早已结束。像杜甫、苏轼这样的大诗人，他们不仅是天才，而且非常勤奋，几乎天天在写诗，就算冒着被杀头的危险也停不下来。杜甫的诗太沉重，像饥荒日记，我还是喜欢苏轼有情趣、懂生活。其实苏轼比老杜还苦，只是他不说而已。苏轼的可爱之处就在于刚刚因为作诗被贬，然而兴之所至，又挥笔作诗，以致被他的政敌呈给皇上，说苏轼还不痛思悔改、整日逍遥，因此一贬再贬。宋史《苏轼传》中点评，假令轼以是而易其所为，尚得为轼哉！苏轼诗里看似云淡风轻、轻描淡写地写道：问某平生功业，黄州、惠州、儋州！我第一次看这句话，忍不住笑了，可是后来等我了解到苏轼的人生际遇和伟大人格，再重新品读时，心里一酸居然落泪了。日啖荔枝三百颗，不辞长作岭南人。这是苏轼在物质条件极度匮乏的条件下写的，试问岭南应不好，却道此心安处是吾乡。苏轼看见朋友的歌姬随他一起来到穷山恶水，问：你觉得岭南好不好呢？却道：心安，既是吾乡！苏轼大为感动，当即作诗一首，但我觉得他是从歌姬身上忽然照见了自己。陈寅恪先生说，中华文化造极于赵宋之世，看看社会地位低下的歌姬是什么水平，就明白了。

歌曲《吉祥三宝》流行时，有人去法国找电影《蝴蝶》的作曲者，说："有人模仿你的歌曲，要不要打版权官司。"老人把门一关："我没时间。"还有那个有名的科比励志故事：你知道凌晨四点的洛杉矶是什么样子吗？

花心思

《色戒》中易太太也喜欢钻石，但是易先生不给她买，易先生没钱吗？不是，只是他懒得花心思在一个年老色衰的女人身上。易先生也不缺女人，只是娱乐而已，但对于王佳芝，他是真的动了心思的，想买鸽子蛋都不敢做主。

爱情故事里，那些贫寒、貌不惊人的男主角之所以能打动女主角的芳心，也是因为花了心思。白话小说《卖油郎独占花魁》，卖油郎攒了很久的银子只为和花魁王美娘共度良宵，但是美娘醉归，倒床即睡，卖油郎坐在旁边不敢冒犯，美娘醉吐，卖油郎以衣承之，美娘很感动，但是并没有决定以身相许，而是后来遭到别人的凌辱幸被卖油郎所救，才认识到真心的可贵，遂脱籍嫁与卖油郎为妻。林志玲版《101次求婚》，一栋别墅居然败给了一把椅子，别墅是标配可以送给任何女人，但那把椅子是黄达专门给叶熏量身定做的，叶熏个子比较高，黄达发现拉大提琴时她坐在普通椅子上很不舒服，而大提琴几乎是叶熏生命的全部。《茶花女》中，玛格丽特爱上阿尔芒，也是因为阿尔芒在她咳血的时候哭了。还有一些例子，可以作为反证。电影《失恋三十三天》，那个一口台湾腔的拜金女老公对黄小仙说："我找拜金女，是因为我用钱和名牌就可以供养她，但是你这样的女孩，要的是时间和心思，这才是真正的奢侈品，我给不起，如果再年轻几年，也许我会追你。"电影《花样年华》，老板委托秘书苏丽珍给他太太买礼物，例行公事而已，老板自己则忙着和情人约会。朋友说她买百万豪车时，老公懒得陪她逛，结果像买菜一样很快搞定了，别人都羡慕他们一掷千金，但我却很心疼她。繁华落尽，一身憔悴在风里……

爱情如此，亲情也是如此。父母对孩子、孩子对父母不仅仅是陪伴那么简单，而是有没有在对方身上花心思。照相，小男孩想给自己身上别个小徽章，动作很慢总也别不上去，妈妈一把拽开说别弄了，孩子哭了。刘老师说我们又不赶时间，为什么她妈妈不等孩子别上呢？在大人看来无足轻重的事，也许是孩子整个世界呢。在那一瞬，我忽然明白为什么这个小男孩总是哭闹，焦躁的母亲，缺席的父亲，易怒、长不大的孩子——中国家庭的典型状态！他妈妈和我聊过，说陪孩子旅游、打球、游泳、学画……做所有的事情，可是孩子总是没完没了地哭闹，她不知道该怎么办，我反问她："你在做这些事情的时候，是不是心里还想着工作和其他杂事？并没有把整个身心放在孩子身上，所以你很焦躁、易怒，孩子因此也没有安全感，就通过哭闹来获得关注。"来美国前，老妈让我给她带一些保健品，刚安顿下来琐事缠身，我很快就把这事忘了，况且我也很少逛商场，妈心疼我也从来不提。后来在刘老师的敦促下才买了，她说你赶快给妈妈寄回去，这个药的心理作用要大于实际作用。爱美的老妈自从做了椎间盘手术就穿不了高跟鞋，平底鞋又变换不出什么花样，我给她买了比较别致的平底鞋，只是美国的号和国内不太一样，有点儿担心不合脚，等老妈收到鞋我致电问她到底合不合适啊，话音没落，就听见妈在电话另一端像唱歌一样说："合适，合适，怎么会不合适呢？"

活在时间之外

我想通过读书寻找灵感，可大部分文章既没有内容也没有文采，我只好再回到古典文学。重读《聊斋》，我并不是要写鬼的故事，而是学习它的文风——叙事简洁、文笔清丽，尤其是写景部分。《江中》篇，群起四顾，渺然无人，唯疏星皎月，漫漫江波而已。这样的语言即使和苏轼相比，也毫不逊色。蒲松龄呕心沥血写的《聊斋》，生前无人问津，直到死后五十年，一位书商在旧书摊上看见觉得很有意思，再版，才逐渐为世人所发现。认可、传播、接受。伟大小说写的不是故事，是人性、人生，主题是永恒的爱与死亡！罗宗强先生对比古文运动和《文心雕龙》，他说古文运动是一场文体、文风的改革，在特定的历史阶段，这场运动在当时产生了很大的轰动，《文心雕龙》反而在当时并没有多大反响，但是我们不能仅以一部作品在当代所产生的影响来评判其文学价值。

维多利亚时代是禁欲的时代，结果维多利亚时代的小说成了黄色小说的代名词，如果从反抗潮流的角度看也是有进步意义的，这也是我的性知识启蒙丛书，但是当我过了那个懵懂的年龄，偷窥的欲望满足完了，我需要智慧来充实灵魂的时候，它满足不了我内心和灵魂深处的需求，时代性反而成了局限性。我喜欢史诗一般的《战争与和平》、《静静的顿河》，我更喜欢意识流作家，他们以细腻、深刻的笔触给你揭开世界的面纱，让你看清人生的真相。乔伊斯的《死者》，如同卡夫卡作品一样，晦涩难懂，少年时代完全不知道他在说什么。随着阅历的增加，看似平实的语言下暗流涌动，你会不知不觉落泪的。情节很简单，宴会前、宴会后，宴会仿佛一幅浮世绘，觥筹交错，好不热闹，这是生活的表象；宴会后，人们才返回内心，这才是真正的自我，丈夫忽然发现妻子曾经有一段恋情，有一个人曾经为她死去，他看着熟睡的妻子，觉得强烈的陌生和孤独，这种感觉恰恰来自自己心灵最深的一部分得不到来自另一个人的完全回应。他心里觉得很失落，仿佛不曾和妻子生活过，"他的灵魂缓缓地昏睡了，当他听着雪花微微地穿过宇宙在飘落，微微地，如同他们最终的结局那样，飘落到所有的生者和死者身上"。一篇短短的小说中，将整个世界的无限广度和无穷深度展现在眼前，最后通过某一个个体，透露出深厚的无力感，令我深深叹息。

我想起老妈给我讲的一件事，他们野外勘测队经常翻山越岭在没有路的地方勘测路况，一次路过一个山谷，大家一脚都跨过去了，但是一位年轻的女同事失足掉下去死了。当时交通条件很差，把她就地埋了，因为远离故乡，她的父母家人都不去看她，可是她曾经的恋人每年祭日都去给她上坟，后来还带着自己的孩子一起去。当时还在上初中的我被这件事感动得不得了，心想一个人如果是这样死去，也是值得的。

火柴

《双城记》里卡尔登曾经对露西小姐说:"我愿意为你以及你所爱的人献出我的全部乃至生命。"最后他也实践了自己的诺言。这个故事深深地打动了少年时代的我,卡尔登成为极端利他主义的典范,但我觉得不全是。对于卡尔登来说,露西小姐就像火柴划亮的一道光,照亮他黯淡的人生,他的死是为露西,更是为了完成自己的使命,在他英勇赴死的最后,他又成为那道光照亮了小裁缝,使她不再畏惧死亡。

公司有段时间给我们请了一位外教提高业务能力,当时我正是秘书,有更多的机会能够接触到这位外教,一位中年美国男人,他上课的时候西装革履,闲聊时,也不忘纠正我的发音和替换更好的表达方式,这与只懂英文的客户交谈是不同的。随着交往的深入,我发现平时生活中的他,和上课时的样子完全不一样,甚至可以说有些潦倒,但他也全然不在乎。我试着用英文给他写信诉说我对生活和工作的感受,本来只是想充分利用资源全面提高英语,可他看了以后激动地给我打电话说:"你写得真好!我在中国待了十年,从来没看见过这样的文字。"我说:"可是满篇语法错误啊。"他说:"没关系,这不妨碍你成为一位伟大的作家!"这句溢美之词让我好几天都异常兴奋,仿佛又回到了大学时代,我试着看了一下研究生招生目录,想有没有可能重新拾起一个梦。我陪他去机场接朋友,等飞机的时候,一向不善言辞的我,鼓起勇气对他说:"其实我一直都想对你说,我非常佩服和羡慕你能够有勇气选择自己想要的生活,无论付出什么代价,在这一点上大部分人、包括我,都没有这样的勇气。"三十八岁的美国男人,哭了,他转身望着起落的飞机,从钱包里拿出一张照片告诉我,那是他爸爸,是位作家。回来的路上,他对我说:"你有没有想过,你既不美貌,英语也不算好,为什么你会是总经理秘书?"这把我一下问傻了,他说:"因为领导觉得你像他年轻的时候,他请我来,最想提高的也是你的英文水平!"那一瞬,我有些惭愧，很多客户打来的电话，我都直接转给经理，并且也觉得是理所当然的。他跟经理聊天的时候，我进去倒茶，他对经理指着我说："你知不知道她是一位伟大的作家？"他说的话久久回荡在我耳边，我的心乱了，为我最终走上文学道路种下了种子。

电影《骗子雅各布》，集中营的雅各布无意中听到德军录音机里的新闻，由此大家都坚信雅各布有一台录音机，每天都来打探好消息，雅各布并没有录音机，也不想承认有，但是众人期盼的眼神，让他无法拒绝，于是他每天编各种各样胜利的消息，从此以后集中营居然没有人自杀了。德国人知道后，让雅各布当着所有人面说他没有录音机。雅各布看着大家期盼的眼神，又抬头仰望天空的飞鸟，什么也没说……

朋友说："谢谢你，这么认真地给我照相。"我说："也不全是为了你，其实我是个很闷的人，因为喜欢文字又不免多愁善感，可是你那么爱美、爱生活，元气满满像向日葵一样，就像一道光照亮我的心灵……"

寂寞

年少时读到《双城记》中卡尔登对露丝小姐说：我愿意为你以及你所爱的人，献出我的全部乃至我的生命。我激动不已，向一位还算是了解我的朋友不断重复这句话，但她却没有太大的反应。从此我对与人交流失去了兴趣，我总是在人多的时候忽然走神，沉浸在自己的世界里。中学时代，我喜欢每天做完作业后，看那些闲书，当我打开台灯——这是我与书里的人约会的信号灯，看见书里的人们一个个向我走来，就感到一种莫名的兴奋和激动。说到底，谁的生活不是平凡得不能再平凡，但是在书里，我却可以和他们一起经历千差万别的人生。这世上如果没有文学，那该多寂寞啊。和朋友讨论为什么看名著，他说只看名著不了解社会生活。非也！名著的魅力正在于对人性和社会背景的深刻洞察，在大家都迷恋琼瑶小说时，我出于好奇看了一本，但看不下去，那种故事可以放在任何时代，并不是典型环境中的典型人物。《双城记》、《悲惨世界》、《静静的顿河》中也有爱情，并且是把爱情放在波澜壮观的历史大背景下的，通过人在爱情和历史事件中的所作所为来展示人格发展和内心世界。学慎始习，功在初化，阅读名著会培养一种纯正的品味，使你具备高度的鉴赏能力，能够轻易辨别作品的优劣。

  回西安，朋友很忙没时间约我，抱歉地打来电话怕我孤单寂寞，我反问："你觉得一个人一定比两个人寂寞吗？"张岱的《湖心亭赏雪》，深夜到湖心亭赏雪，即使文中体现出天地苍茫、一人独对的寂寞，也只是美学上的需要而已，他真的寂寞吗？崇祯二年，张岱从大运河北行去探望父亲，把船停在金山脚下。是夜，月光皎洁，金山寺隐没在林间，正所谓雾失楼台，月迷津渡，张岱入金山寺大殿，历史感怀油然而生，此处正是南宋名将韩世忠领兵力抗金人南侵鏖战的地方。张岱让仆人从船上拿来道具，把灯笼挂在大殿，唱起韩世忠击退金人的戏来。一时间锣鼓喧天，慷慨激昂，等张岱唱完，曙光微露，张岱一行离寺。僧人纳闷：视为何许人，以何事何时至，皆不敢问；不知是人，是怪，是鬼。其实张岱一生都在探寻这样的时刻，真实世界里的艺术境界，穿越在生死两界，他寂寞吗？

  有一种寂寞，有知己聊天就可以消减；有一种寂寞，如陈子昂，前不见古人，后不见来者，念天地之悠悠，独怆然而涕下！只能独自面对，素颜修行。

见字如面

  师妹说："学姐，我每次看见你的文字，脑海中马上就自动转化成你声情并茂的直播方式。"

  蓝桥春雪君归日，秦岭秋风我去时。每到驿亭先下马，循墙绕柱觅君诗。这首诗是白居易被贬江州，自长安经商州，在蓝桥驿亭看到好友元稹诗文写下的。看似只是平淡地写景叙事，但两位知己惺惺相惜的情感却跃然纸上，"循"、

"绕"、"觅"一连串的动词生动地表现了诗人在狭小的驿亭内,迫切希望看见友人诗文的心情和仔细辨认的动人情景,令千载之下的我羡慕不已。感动不已。在诗歌鼎盛的唐代,群星璀璨,以至于像元稹这样的才子在文学史上也不过是一带而过,还好,他有白居易这位知音。《舟中读元九诗》"把君诗卷灯前读,诗尽灯残天未明",这仍然是白居易在去江州途中所作,可见好友元稹并不曾真正离开过他,也是他漫漫征途、凄风苦雨中的精神支柱。我每每都被伟大灵魂的相遇而感动,杜甫为李白写下"冠盖满京华,斯人独憔悴",王安石和苏轼本来都是宋代的旷世奇才,奈何政见不同,一生都在新旧法之间浮沉,但也不妨碍彼此的相互欣赏,王安石曾写过一首《北山》,相约苏轼一起买田做邻居:"北山输绿涨横陂,直堑回塘滟滟时。细数落花因坐久,缓寻芳草得归迟。"苏轼看了十分感动,和诗道:"骑驴渺渺入荒陂,想见先生未病时。劝我试求三亩宅,从公已觉十年迟。"王安石评价苏轼"不知道还要几百年,才有这样的人物"。王安石死后,苏轼在文中高度评价了这位政敌兼诗友:"瑰玮之文,足以藻饰万物;卓绝万物,足以风动四方!"

我也喜欢看书信集,最爱的一本是《胡适与韦莲司——深情五十年》,五十年的岁月里,他们相处的日子极少,半个世纪的沧桑聚散、悲兴交集、幻灭与等待,都寄托在这些越洋信笺里了,就像一部现实版《查令十字街八十四号》。一个是来自中国古老徽州的书生,一个是达达派艺术特立独行的先锋人物,胡适从纽约来到韦莲司绮色佳的家中,和她边走边谈,"循湖滨行,风日绝佳……落叶遮径,落日在山,凉风拂面,秋意深矣……" 胡适后来出任国民政府驻美国大使,韦莲司很支持他,1946年胡适离任时写信给她:"我会从中国写信给你。怀着爱,一如既往……"1962年胡适在台湾病逝,韦莲司把一生的积蓄用于胡适著作的出版和翻译。1971年韦莲司依然孑然一身,孤独地离开了人世,遗物里完好无缺地保存了胡适的所有信件。

我来到故事发生的地点,这个名叫绮色佳的小城,康奈尔大学安静地沉睡在山谷中,一如往昔,我不禁陷入遐想,山川何如昔,风云如古同,只是伊人不再……

角色

有感于一篇文章提到，近代中国的落后是因为清朝是由少数民族统治的，甚至最后怪罪到康熙头上，此文缺乏应有的历史逻辑。从宏观上看，中国已经到封建社会末期，而整个世界处在资本化进程中，这才是根本和深层次的原因。至于历史人物，大部分时候是无能为力的，他们无法做出超越时代的决定，换一个人也一样，未必会做得更好，只是历史刚好把这个角色给了他。

小时候看《三国演义》，总是感叹如果没有哪件小事，历史将会改写。比如诸葛亮六出祁山，上方谷大战中，天降大雨浇灭了蜀军所放之火，如果马谡不失街亭，如果刘禅不那么无能……可是历史没有如果。从小的方面看，是诸葛亮和刘禅性格的悲剧，从宏观的历史来看，是蜀国的政治、经济、文化各方面基础决定的。看似偶然的事件，其实是历史的必然。历史给刘禅和诸葛亮都已经宿命般分配好了角色，不同的是刘禅昏庸不作为，诸葛亮在历史的漩涡里奋力挣扎，试图力挽狂澜。初三和爸一起看《三国演义》，爸说要是诸葛亮不出山，让曹操在赤壁之战就把天下统一了，对百姓也是好的。可现在想想，这件事也不是诸葛亮一己之力决定的，而是当时各方面势力较量后的结果。诸葛亮舌战群儒取得成功，根本原因也是孙权自己想打这场仗，孙权问鲁肃卿以为如何？鲁肃很坦诚、直接地说："主张投降的，是因为大臣们投降后还可官复原职，可是主公您呢，您想做什么职务？"一语惊醒梦中人。这场辩论我倒觉得从一个侧面显示出鲁肃的智慧，首先，不用和那些没有决策权的人废话；其次，话不用多，但要直指要害。历史把这个角色和功劳一并给了诸葛亮，想想看如果孙权本人不想参战，无论诸葛亮、鲁肃把嘴说烂了都没用。孙权的智慧就在于，能够在众说纷纭中，拨开重重迷雾，选择对自己、对吴国大局有利的决策。

大学时每次考前老师都给我们留够复习时间，可我总是忙里偷闲地看一些闲书，觉得在此千钧一发的时刻看闲书就像上课偷吃东西一样，很刺激。我翻起一本参观故宫时发的叫《故宫通览》的书，一直没看。忽然发现故事动人、文采斐然。里面讲到一个小故事，朱元璋出上联：风吹马尾千条线；长孙朱允炆弱弱地对下联：雨打羊毛一片毡；后来篡位的明成祖朱棣则对：日照龙鳞万点金。三人性格一目了然，再往深层次想，不管朱元璋因为何种原因不愿意传位给朱棣，而传给柔弱的朱允炆，角色从一开始就分配好了，不是朱元璋分配的，而是建国初期的大明王朝，呼唤一位强悍有力的帝王开创千秋基业，朱棣顺理成章地被推上这个位置。历史从来就不以个人意志为转移。朱棣从小随父南征北战，被封为燕王长期镇守边关，而被宫女、太监围着长大的朱允炆怎么会是他的对手。可是朱棣做了亏心事总感到不安，在南京待着心慌，花了二十年在北京建造宫殿，带着结发妻子的灵柩迁都北京，也是他曾经的封地。南京的城市气质太纤细、柔软，与朱棣的性格不符，燕国的辽阔、雍容大气才符合他吞吐宇宙的胸怀和建功立业的气魄！刚迁都三个月，三大殿就被雷击烧毁，朱棣认为是天谴，愣是没敢修。古人对自然、天地一直都很敬畏，即使贵为天子也不例外，作为人很清楚自己在天地之间的位份和角色。明末的崇祯皇帝，据说是个很勤勉的帝王，怎奈大明王朝气数已尽，崇祯无奈地说我非亡国之君，却遭亡国之运。

朋友和老公已经分居十多年了，孩子也基本上是她独自抚养，但他老公办公桌上一直放着全家福，他只是在别人面前扮演一位好丈夫、好爸爸的角色，给人一种办事靠谱的感觉。果然是个生意人，不放过任何一个可以利用的筹码……

救赎

电影《肖申克的救赎》到底救赎了什么？安迪帮警官报税，他想要的报酬只是和伙伴们一起在阳光下喝啤酒，瑞德说在那一瞬间他感受到的是久违的自由的感觉；安迪冒着被关禁闭的危险给大家放了一曲意大利歌剧，片中以瑞德内心独白的方式说出了大家的感受。直到今天我也不知道那个意大利女人究竟在唱什么，但那悠扬的旋律却唤起了我对自由的向往，它救赎的是人的心灵。安迪花了二十年、穿越五百码的粪池终于重获自由,雷电交加之夜仰天长啸,二十年来他从未放弃对自由的渴望和追求,这一幕也曾救赎过我的心灵。

  一位家长因为感情上的事自杀了,我知道这件事后,久久地端详着还在家长群里的那位妈妈和孩子的照片。做了母亲的我,觉得无论什么都不能让一位母亲抛下孩子于不顾。老妈总是会把诸如此类的事都归结为因为女人没工作,可那位母亲有工作,并且年轻、貌美,但是她在人生的风浪中禁不住挫折,因为在我们成长的过程中,没有人教会我们跌倒了如何爬起来,这和一切外界的东西都无关,而要靠内心的力量自我救赎。一位哲人说:人的一生中有两个生日,一个是诞生的日子,一个是真正理解自己的日子。人生就是这么悖论,当你有能力完成这种自我救赎时,你以前在乎的人和事,也就不在乎了,在这个过程中你才能真正认清自己,获得重生。一个人心灵的力量和其他能力并不对等,有个博士同学已经四十岁了,因为丢了手机,就像祥林嫂一样见人就说,她内心太孱弱了。朋友说她论文写得好,经常发核心期刊,我说我们说的不是一个层面,像这样的人,在生活都风平浪静的情况下,性格中很多问题被掩盖了,如果生活有一点波澜,她绝对崩溃,因为手机只是物质上的,精神上的痛苦要比这痛苦、无助得多!

  我最爱的作家老舍在"文革"中自沉太平湖,还有很多我喜爱的作家都这样干干净净地走了。可是随着年龄的增长,我对这种死法和人生态度就不再认同了。电影《芙蓉镇》,"文革"中,"豆腐西施"胡玉音的老公桂桂自杀了,胡玉音被分去和右派分子秦书田扫马路,这个被称为"秦癫子"的人对绝望、恐惧的玉音说,扫马路你也可以看成是跳华尔兹,青石板路上,两个流离中的人互相温暖,玉音脸上终于露出了久违的笑容。当玉音因为别人贴的"两个狗男女,一对黑夫妻"而伤心落泪时,乐观的书田安慰她,这不已经承认我们是夫妻了吗,玉音破涕为笑。在那个年代,坚持不住的被击垮了,坚持下来的,像胡玉音和秦书田,不仅活下来了,并且传达了一种信念——人间正道是沧桑。脆弱的人貌似坚强,坚强的人玩世不恭,秦书田说活下去,像牲口一样活下去,"文革"过后,他收获的是幸福和阳光,因为他心里一直就充满阳光,他的光不仅救赎了自己,也救赎了善良、无助的玉音,帽子摘了,光芒四射!这个平凡的故事就是因为有了秦书田这样的人物才有了史诗般的魅力。

宽容和爱

考研复习我背政治时，发现亲戚家二年级的孩子背的内容和我背的差不多，并且都是填空题，我不禁感叹真难啊，小姑娘不屑地说这都是简单的。我真的觉得很奇怪，我们的历史和文化就像一座宝藏，通过对古典诗词的学习完全可以同时完成思想品德的教育。

杜甫从草堂搬走让给亲戚吴郎住，吴郎马上插上篱笆。以前经常在草堂打枣的老妇向杜甫诉苦新主人不让他打枣了，"穷年忧黎元，叹息肠内热"的杜甫马上给吴郎写了封信，说那位可怜的老妇人如果不是日子穷得没办法了，又何至于去打别人的枣呢？拔掉篱笆，任她打吧。苏轼既有才华、有情趣又懂生活，且同样忧国忧民，苏轼到地方赴任，发现连年饥荒，人们把新生儿都遗弃了，诗人心里很悲痛，就发动友人和乡绅募捐，建立"慈幼局"，这可能是最早的孤儿院吧。《宋史》载：正月癸亥，诏给官田五百亩，命临安府创慈幼局，收养道路遗弃初生婴儿。对此，后人评价：此后世育婴堂之始。著名的"六尺巷"的故事，两家盖房子寸土不让，其中一家给京城做官的儿子写信让他回来理论，没想到儿子写了一首诗：千里家书只为墙，让人三尺又何妨？长城万里今犹在，不见当初秦始皇。后两家各退三尺，才有了后来传为美谈的六尺巷。

我们常批评别人自私、缺德，也许有时候我们也在不经意间扮演同样的角色。二十世纪八十年代有一首很流行的歌，唱着让我们的世界充满爱，其实"爱"的秘诀不是说教，而是你愿不愿意付出，因为隐藏在"爱"背后的是一颗宽容博大的心，"有容乃大"就是这个意思。朋友在逛超市，收银员搞错了一点儿事情，朋友很不高兴差点吵起来，我赶忙把她拉走了。我说："你吵了你就快乐吗？她每天应对成千上百的顾客，发生一点儿小错误很正常，的确，收银员害怕丢掉这份工作不敢和你吵，但是她这一天都会很不开心，回家可能还会把负面情绪带给家人。"朋友一下就释然了。小学的时候，我很调皮，上课时总是踢前面的女生洁，洁威胁我如果再踢就告诉她妈妈，我不怕，结果她真的带着妈妈来了。我傻眼了，本以为她妈妈是来告诉老师的，但是没有。她妈妈很温柔地问我叫什么，然后给我讲道理，还给我买吃的，让我和洁做好朋友。我如沐春风，仿佛劳改犯被感化了一般，真的不再踢洁了。相比另一位家长，本来她还是我妈妈的同学和同事，可是每次我和她女儿发生争执，无论对错，她都去告诉老师，一副悲情人物的样子。不仅告我的状，还告我妈的状，说我妈妈在单位很厉害什么的，让老师一直用有色眼镜看我。

早餐摊，小姑娘马不停蹄地给大家盛饭，可是顾客还嫌慢，一位老人坐在座位上，边吃油条边自言自语地说："她太忙了，应该给她找个帮手，最好是个小伙子。"我看着小姑娘青春的身影，心想十六七岁，这是像玫瑰花一样怒放的青春啊，她应该出现在校园里，可惜啊，过不了多久，时间将踩着钢铁的步伐，带她一起老去！

劳动改造

看着现在孩子们玩的东西，再想想我们小时候打沙包、踢毽子、跳绳，我忽然想起政治课本上的一句话：社会生产力发展水平的标志是劳动工具。

小时候，老爸让我干家务，明码标价给我发工资，刷一双鞋是五分，我把家里所有的鞋都找出来刷了，老爸看了有些不情愿，但还是付了工资。打水也算钱，我们住的是办公楼，水房在走廊另一端，一壶水我提不动，老爸说可以提半壶，分两次。下楼玩的时候，我也没忘记职责，倒垃圾。说来也奇怪，每次领工资我都是当天就花光所有的钱，宁愿当一天的皇帝，也不做一个月的乞丐。那时，我简直就是家长嘴里的劳模。这种优良家风一直维持到小学毕业，老妈不再经常出差，有更多的时间陪伴我，她觉得很愧疚，什么也不让我干，随便给零花钱，老爸现在经常感慨本来女儿应该如何、如何，结果被妈妈毁了，成了半成品。至于老妈，因为童年她没有与我培养亲密的亲子关系，所以无论后来多么溺爱我，我都不听她的，总是和她吵；我看见别的女儿和妈妈耳鬓厮磨，手挽着手逛街，我和母亲从来没有这种动作，也想象不出来，我们逛街也是保持一定的距离。不过我也是有了自己的孩子后，才明白当时她放下孩子出差也是生活所迫，但凡有办法没有哪位母亲愿意离开自己年幼的孩子，也明白了无论距离有多远，她对我的爱从未打折扣。后来朋友看见母亲帮我带孩子、做饭，她艳羡地说："看看，你都快四十了，还在享你父母的福呢。"

上大学的时候，父母在生活费上从未限制过我，我也没有乱花，都买书、旅游了。工作多年又回到学校读研读博，我也从不兼职，第一不缺钱，第二认为浪费时间。有段日子，我非常郁闷，如果继续闷在屋子里看书写论文，我的精神要出问题了，刚好有个给石油附小教国学的机会，也不规定教材，我欣然答应。如果说到美国是把过去的我彻底摧毁了，重建了一个自我，那么石油附小的这段经历就是前奏。学了那么久，我终于有一个机会去释放我对古典文学的爱，而孩子们又是那么纯真、可爱，像阳光一样照进我的生活和内心。好友茹也说："自从你去上课后，整个人的精神状态都变了。"相对很多当大学老师的朋友，他们抱怨没有人听课，当代青年都很浮躁，我觉得我真是太幸运了。我说我们国家是诗的国度，从先秦到明清，文学形式一直在变，但最核心的一点从未改变，是什么？居然有个孩子答的和我心中的标准答案一模一样：情感。讲中国的家书传统，我讲到曾国藩家书时，觉得难度很大，虽然已经把原文写出来了，但是只想以故事的形式简单介绍一下即可，这时有位小姑娘举手并翻译了这段古文，并且八九不离十，课后我问她是不是经常读古文，她说是的，妈妈每天都安排她一定的阅读量。我很感动和欣慰，觉得她的语言能力已经远远超越她的年龄，于是送给她一些书籍，希望能让她自己摸索着往前走。我上最后一节课时，她留言给我："老师，您讲的课是激动人心的，我总是心潮澎湃；您送给我的书，我爱不释手，希望下学期还可以见到您！"我真的非常非常感动，孩子们对我的回应，让我感到自己很重要。

来美国访学的初衷，本来只是想了解域外汉学的研究水平。一次酒会上，西蒙老师问我这一年的收获，在那样的场合我不知道该怎么回答，但内心却有千言万语。这一年最大的收获，就是我变成了一个以前我想都不敢想的人！当了十三年的"光本族"，在美国被逼成了一个真正的司机，从战战兢兢驶出家门口，到东西海岸自驾，我一次又一次超越了自我。修车的时候，看着车行把我的车缓缓吊起来，工程师耐心地用英文给我讲解故障和机械原理，我完全没听懂他在说什么，却被眼前的一幕深深地感动了，在国内我怎么会想到自己会经历这种事情，出现在这样的场合，又怎么知道如何应对。没车的日子里，步行两个月，穿越很多没人的地方，内心的惊恐、无助对意志都是一种磨练，在路上走着走着，也让我想到这么多年曾经度过的幽暗岁月，只要你坚持，一直走下去，一定能到达彼岸。我们这些访学妈妈之间，在异国他乡彼此温暖，互相帮助，共同经历彷徨和恐惧的最初岁月。因为刚来时候的艰难，也让我设身处地地体会到别人的难处，愿意在自己有能力的时候伸出援助之手，也因此获得很多宝贵的友情。

生命就像一条宁静的长河，河水冲击着我的心灵，渐渐地，我感到我生命的河床变宽了，山随平野尽，江入大荒流……

流放

张学良被软禁后，专心研究明史，蒋介石和宋美龄还给他请了老师。张学良看那些"保卫"他的小伙子，正是读书的好年华却被他耽误了，于是成立了读书会。曾经统帅千军万马，为了飙车把人家轮胎打爆的少帅居然能静下心来研究明史。也许只有当一个人所有俗世的名份——官衔、财富、身份地位都被剥夺了，剩下的就是生命对生命直接的呼唤。

我常常对小丹说："如果和苏东坡在一个时代，我愿端茶倒水，在所不辞！"小丹说："即使同时代你也做不到，首先你心灵手不巧，会把诗人写诗、作画的手烫了；第二，如果你们在一个时代，你未必会看上他。"我喜欢东坡的豁达、超越、乐观。姜美女说："你总是把文学当成生活，正因为东坡生活是苦的，所以诗里才那么潇洒、快意，是一种解脱和超越。在现实中无法满足的只能在审美中得到补偿。"中国古代没有职业诗人，都是做官兼写诗，于是就出现了特有的贬官文化。宦海沉浮，仕途的低谷，恰恰是创作的高峰。东坡因"乌台诗案"，以六十多岁的高龄来到儋州荒蛮之地，他给朋友写的信中说："此间食无肉，病无药，居无室，出无友，冬无炭，夏无寒泉，然亦未易悉数，大率皆无耳。唯陶渊明一集，柳子厚诗文数册，常置左右，目为二友。"我想东坡一定也是痛苦的，但通过阅读前代伟大灵魂，站在精神的至高点超越了苦难。也正是这种生活上的"无"，照见了精神上的"有"，正如他自己所说空故纳万境。苏轼写下"小舟从此逝，江海寄余生"，县官马上派人去查看苏轼是不是潜逃了，结果他正在船上酣睡，留下的是躯体，放逐的是灵魂。李煜、李清照之所以是一流作家，不是因为前期那些小儿女情态的作品，而是后期那些饱含对国破家亡深刻思考和真挚情感的作品。四十年来家国，三千里地山河——只一句就把李煜和花间词人区分开了。从"倚门回首，却把青梅嗅"到"天接云涛连晓雾，星河欲转千帆舞"的磅礴大气，使得李清照始终立于一流诗人之列。清代那些流放到东北宁古塔的江南人，对当地文化的发展产生了深远的影响，章太炎说："初，开原、铁岭以外皆胡地也，无读书识字者。宁古塔人知书，由孝标后裔谪戍者开之。"身体的流放者，成了精神上的占领者！他们在流离失所之际所表达的思想和情怀，本源于内心的高贵。无论世俗的身份如何改变，甚至身陷囹圄，但内心的高贵却愈发显现。与此相反的是，有些人无论身居何位，都掩盖不住内心的低贱和龌龊。

李敖被关黑牢期间，没有光，没有谈话对象，牢房狭小，他就走对角线，思考问题，看书。人身自由和发言权被剥夺了，但是思想的光芒和对自由的追求和渴望却是铁窗关不的。后来他可以看书了，看完了两套百科全书、二十四史，并写满了眉批。牢狱生涯没有消磨他，反而让他的思想更成熟、更深刻。

漫谈开车

2003年就拿到驾照的我，一直是"光本族"，因为要来美国访学，在美国没有车寸步难行，所以出国前集训了一个月。这一个月的练车，我感慨良多。

练车的时候，教练说"躲"和"让"是两个概念，"躲"是要出事的，"让"是为了避免发生事故。而我又总是不知不觉地"躲"，尤其是对面来车时，教练每次都无奈地说："你再躲，再躲就掉沟里去了，如果右方有来车，还会给别人带来危险。"我忽然发现，长期以来我做人处世的懦弱在开车时不自觉地反映出来，你没有底线，对方就没有原则。在生活上、工作上，我遇事一退再退，结果被别人逼到了悬崖边上，对方还步步紧逼。一次，对面来了一辆大车，教练把住我的方向盘说："不许再躲，你看他敢不敢占你的道！"果然，当你坚守自己的道，对方也不敢占道了。开到崎岖的乡间小路上，我在努力地张望，教练说："别找了，没有道，道在心里。"教练说如果开过中国乡村小道，我就没啥不能开的了。果然，一趟下来，我出了一身汗，因为在我正常行驶的过程中，路边随时都会出现人、畜、电动车，并且旁若无人就好像在自家院子里。我印象最深的就是，两个老太太在三车道的中间拉家常，教练早早就提醒：你变道吧，她们不说完是不会动的。我说："他们没看见我是教练车吗？随时都有状况。"教练说："人家才不管你是什么，人家要把话说完。"这样的路况几乎是一个接一个，稍有放松就要出事。没开车的时候，等红绿灯觉得烦；会开以后，发现没有红绿灯的路口才更危险。美国会在没有红绿灯的交叉路口，立一个Stop的牌子，这样就安全多了，我跟朋友说国内也可以借鉴一下吗，她说："谁看？更危险了。"刚来美国时，无论做什么都要填一堆表格，很烦，但渐渐就发现表格里谈的都是规则，发生的和未发生的都有预见性地写在里面，办事其实是很简单的，你付出诚信，对方定出规则，无他。

在新泽西乡间小道上开车，穿梭在两旁高大的树林和别墅之间，简直就是一种享受，享受是因为好开，好开是因为大家讲规则、谦让有礼。在中国练了一个月车，我还不敢独自开出家门的十字路口，大年初一那天，一出来看没车没人，非常激动，教练提醒是没有车、没有人，但红绿灯还是有的。来美一年后，朋友坐我的车说："你车开得不错啊！"我微微一笑，心里想的是一年前，那个尴尬得让我快哭的左转弯。刚来美国时，家门口是一个三岔路口，车流量很大，我第一次开车，在进入主路的路口紧握方向盘、坐得笔直，太紧张了，没想到车流中马上给我让出一个位子，司机示意我开过去，不仅缓解了我的紧张情绪，也让初来乍到的我感到异国他乡的温暖。我本来最怕左拐弯了，要查看双向车道，就是因为有无数人的理解和谦让，才让我技术越来越娴熟。很多在中国开车的老司机，在美国开车很不习惯，也是因为难以转变思路，国内是"抢"，美国是"让"！

门当户对

上大学时，有个大学老师的孩子喜欢老爸，老爸长着那个时候流行的国字脸，学习也好，毕业的时候女孩特意问老爸愿不愿意和她在一起，老爸很坚决地回绝了门不当户不对。老妈说老爸太傻，这句话应该是女方家说的，由他嘴里说出来感觉怪怪的，因为老爸是破落地主家出生，非常贫寒，女孩还经常塞粮票给他。因为看电视剧《大明宫词》，我把太平公主和薛绍那段史实翻出来，其实并没有那么浪漫，武则天把太平下嫁给薛绍，薛家举家欢庆，只有薛绍的父亲看着热闹的场面摇摇头，预感到祸事不远了，很快薛家成了宫廷斗争的牺牲品被满门抄斩，当然不包括太平公主。年轻时看《泰塔尼克号》，杰克沉入海底，露丝依恋和悲痛的眼神，深深地印在了我心底；可是长大后，我明白了剧情需要杰克必须死，其他浪漫爱情的套路也都是到王子和灰姑娘结婚剧情就结束了，没有以后。

和小丹不断地点评历史人物，最后总结的是德不配位，必有灾祸。有人调查过中外中大奖的家庭，居然大部分都家破人亡，名和利就像一把双刃剑，没有足够的智慧和力量去承载就会出事，其实很简单——平常心。中学同学见面，听说某同学被他妻子杀了（比在虎区下车那个还可怕）。事情是这样的，他妻子上过一期相亲节目，看着和自己同期的女孩都混得不错，就经常数落老公，老公忍无可忍就说你别提那个节目了行不行，结果她妻子在睡梦中把他杀了。上过娱乐节目就自我膨胀成这样，可那些都是和自身成长和修行无关的啊，只有用心灵才能看见本质的东西。但也怪我同学自己，谁让他选择的是这样的女人。我认为看一个男人,就是看他喜欢什么样的女人。很多人认为王家卫夫人不好看,可是阅美女无数的大导演就是把她当宝,走到哪里都手牵着手。她在王家卫没有成名时,竭尽全力支持他、鼓励他。梁家辉拍电影《情人》时,被黑社会绑架了,他的夫人铤而走险单独和黑社会头目谈判,她说:"你们无非是想让我丈夫拍戏赚钱,那么你可以等他拍完这部片子,有更大的名气以后再拍也不迟,况且这对你们也是有利的。"由此最终救了梁家辉,这个女人的胆识让人钦佩。李安夫人在李安韬光养晦的十年间,一直从物质上和精神上支持他。他们都是精神上的门当户对。

楠儿说:"我选择伴侣时一定会考虑他的家庭条件,不是看他家有没有钱,而是他的家庭条件决定了他的三观,而这一点是今后共同生活的基础。"

面对自己

刚工作时出去旅游,有个小朋友指着我,忧虑地说:"真胖啊!"气得我一路都没玩好,等我渐渐成长后,就当成笑话讲给朋友们。研究生期间,同学们都买了一种塑料椅子,坐着很舒服;我去买的时候,老板不敢看我的眼睛,不好意思地说:"我觉得这种椅子不太适合你。"我哈哈哈地大笑起来,我说:"你就直说(我胖)呗。"朋友考博后,垂头丧气地找我,我以为没考上,她说考上了,但是老师嫌她太差,她一阵抱怨。我静静听完,问:"你觉得老师说错了吗?"她既委屈又诚恳地点点头,这也是我欣赏她的地方,我们无数次地交谈,不断地交换自己,直面自己内心深处,然后变成更好的自己。她读博时很努力,也很优秀,生活中我们还是需要一点儿压力的。在美国,陪朋友看病,医生嫌我听不懂他的英文,拒绝和我们谈话,我回家苦练听力,复诊时,我不仅听懂了,还慷慨陈词:"你可以嫌弃我的英语水平,但以后你遇到和我们处境一样的病人时,应该改变你的态度。你的态度让我朋友在等候你复诊的这段时间心情非常低落,没病都吓出病了。"那个医生都不敢看我的眼睛,似乎有些惭愧地轻轻回答:"好的,下次我注意。"后来我又陪朋友买保险当翻译,保险公司的人对朋友说:"下次你一定要把你的翻译带上。"我非常高兴被肯定,还要感谢那个医生,刺激我,让我面对自己,改变自己。

一个人是这样,一个国家、民族也是这样。即使你不喜欢日本这个民族,你也不得不承认他骨子里的傲气和内心的强大,我们认为他扭曲的历史,不是他不能面对,而是他们认为他们面对的就是真实的历史,立场不同、观点不同。日本民族善于借鉴,只要是别人好的,拿来用就好了,明治维新就是这样。鲁迅先生说:"国家越是强大,用外来的东西越觉得是为我所用;越是落后,越是怕被人掳了去"小丹说:"你不聪明不要紧,但是你要听聪明人的,但前提是你要先承认自己不如聪明人。三国时期群雄逐鹿,那些成功者和失败者都为这句话做了最好的注脚。"

面对真实的自己比骗人还难,但就是在这一次又一次的直面过程中,内心变得无比强大。我指出一个朋友的缺点,结果我们居然断交了,小丹说:你以为他自己不知道自己的问题吗,只是他不能面对自己而已,更别说在你面前面对真实的自己;不过话又说回来了,你为什么不能面对这样一个不能面对自己的朋友呢。武志红的《巨婴国》下架,作者说,我们大部分的爱与痛,都和一个基本事实有关,大多数成年人,心理上是婴儿。多么深刻的反思,是对人性如此深入的洞察!我当年看到他这段话,感觉像禅宗的棒喝。我能够面对自己曾经也是巨婴的事实,成年以后的成长比青春期更痛苦、代价更大,但我愿意改变,是为了遇见更好的自己!

你错了

Kelly告诉我,家里来了一位客人,别人说什么,他都先说你错了,然后再说他的观点;Kelly说她边写作业边在心里说:你才错了。每个人都有自己的道理,看到的是问题的不同方面。我也曾经是这样,跟小丹观点不一致时,一上来就说:"你错了!"小丹说:"停,如果是以这句话开头的,我不听。"

小时候看电视剧总是问:谁是好人、谁是坏人?长大后才发现,成熟的标志就是多样性,你可以包容不同的人、事。大学时代宿舍有位同学,我觉得和她没有共同语言,对她冷冰冰的。后来朋友告诉我:"那位同学因为你的态度,好几次私下里诉说时都哭了。"多年后,那位同学问我在干什么;我说考上了中文的研究生,她非常高兴地祝贺我终于做了自己喜欢的事情。我惭愧地说我以为她不懂我,她说我们不是一个世界的人,但她还是懂我的。在单位,我觉得有些同事很势利,不喜欢,连个笑容都不给人家。我辞职后,生孩子时,他们来看我了。这两件事,我反思了很久,的确有些人很世俗、很势利,但是可能是生活所迫,同时他们也很善良。所以经常会发生这样的谈话,说谁谁怎么这样啊,那样啊,仿佛完全对立的特点,但就这样矛盾地集合在一个人身上。电影《罗生门》,情节很简单,就是不同的人对同一件事情从不同立场的叙述,就像生活本身一样,雾里看花。对于周围发生的很多匪夷所思的事情,如果你不是当事人的话,千万不要评价。人与人之间吵架,无论大人、孩子、朋友、夫妻,内容实质其实就是指责对方:你错了。我最欣赏王菲的地方是,她和爱人分手后,从来不抱怨、攻击对方,因为在彼此的岁月里,谈不上谁欠谁的,是你的青春、也是我的。她有资本选择自己的生活,输得起,其他女人是弃妇、是被抛弃的角色,她和对方是平等的,是分手。王菲离开窦唯后,有人问:"你要给窦靖童找个什么样的爸爸?"她回答:"童童有爸爸,我要找的是我的伴侣。"

教育孩子时,我们也总不能理解孩子的思维。朋友说一次孩子把书撕了,她就打孩子,后来问孩子为什么撕书,她说因为妈妈喜欢看,她想装进口袋,只有把书撕了才可以装进去。早上急急忙忙要出门,孩子把牛奶撒一桌子,我劈头盖脸就骂,孩子无辜地说:"我只是想给妈妈分一杯。"小学二年级,我喜欢画画,画了一个女孩送给同桌,他马上就告老师,老师说我是流氓,让我叫家长。老妈受了老师的教育回来又再教育我,爸和她吵孩子根本就不知道什么是流氓,我边流眼泪边查字典,什么是"流氓"。

爸说我小时候站在南门上,看见钟楼说:"爸爸,我看见北京天安门了。"我问爸,那你说啥,爸说:"我也看见了。"

第六部分 生活感悟 141

你听

小楼一夜听春雨,深巷明朝卖杏花。陆游的名句,让你陷入无限的遐想,那卖花姑娘悠长的叫卖声在巷子里回荡,只有声音让我感到语言的苍白和无力……

有一个听声音猜城市的音频,我们陕西最有代表性的当然是秦腔。有一年夏天,我坐在碑林博物馆门口,猪宝和小朋友们玩,熙来攘往的人群,槐花片片飘落,卖字画的店家录音机里放着秦腔高亢悠长的旋律。城墙依旧巍然耸立、碑林博物馆也默默无言,一切似乎是静止的、又仿佛是流动的,只因那秦腔的节奏,就在那一瞬,我忽然捕捉到了时光流逝的感觉。小时候,所有的摊贩都是人未到、声先到,"卖酱油——香醋的——来咧",我经常给朋友们模仿这个腔调,老妈让我打醋,回家路上我就能喝半瓶,估计那时候浓度也不高。还有爆爆米花的,一听见他的叫卖声,每家每户马上把大米或玉米装好,孩子们一口气跑到大门口排队,有时快到饭点,可是却快排到自己了,就把装米的盆留下,一脸漆黑、蓬头乱发的爆爆米花的人在我们心里简直就是圣诞老人。网上曾流传一个段子:谁谁,你妈喊你回家吃饭了!感动了无数曾经是孩子的大人,也是我童年美好的记忆。每次中午妈快做好饭时,我就说我要出去玩一会儿,就一会儿,结果开饭的时候,老妈满院子喊我,怎么也找不见,有时候我其实已经听见了但是躲在角落里不敢应,怕挨打,只能以牺牲一顿饭的代价换来片刻的欢愉。现在已人到中年,老妈在我朋友面前还是大声喊元元,我一度觉得很尴尬,可是朋友们都说最喜欢老妈叫我元元的样子了,眼神、动作,全身每个神经都写着爱你。

初到美国时,一切都安静得不可思议,每天早上是被鸟鸣声唤醒的,忽然怀念故乡的声音。想起一天早上,被老妈拉到城墙根锻炼,本来睡眼惺忪一肚子怨气,可我却看见了一个完全陌生的世界,少数民族在拉马头琴,小狗趴在地上认真地听;有吊嗓子的、有耍筊篌的、有东家长、西家短闲聊的、孩子的哭闹声、女人尖锐的呼唤声、卖秘方的叫卖声……一切的一切汇成一股洪流,仿佛河滩涨落的声音。经常在书斋生活的我，发现普通人把平凡、简单的日子过得活色生香，如此热热闹闹、真真实实。同样是城墙根，华灯初上、星光灿烂时则是另一种感觉，高大的城楼肃穆、威严，仿佛在向你诉说六百年的沧桑，贾平凹因此才会说埙这种乐器是要在暮色苍茫的城墙上吹的。韩国电影《春逝》，主人公是个收音师，春天里他和女朋友到处采集大自然的声音。画面非常唯美、干净，对白也很少，都是自然界的回响，片尾爱情随着春天一起逝去了，让人感到怅然若失。我们的生活离大自然越来越远，以至于古诗中很多句子理解不了。在海边别墅里，夜里看书时，忽然听见秋虫的声音，和雨水滴答、滴答落在叶子上的声音，雨中山果落，灯下草虫鸣，才理解其中静谧的诗意。白居易《琵琶行》，可说是用文学描述音乐从而传达情感的佳作，琴声拨动了我的心弦，就是这个意思。热爱音乐的老杜，一次热情地点评完一位外籍音乐家的演唱会，末了很惋惜地说那个音乐家本来想奏一曲《二泉映月》向中国艺术家致敬，但是他觉得演奏并不到位，因为只有本民族的艺术家才能把握民族心灵深处的颤动。日本音乐家久石让是导演宫崎骏的灵魂之声，你拍电影，我作曲，至人游于至美而得至乐。

苏州山塘街，小桥流水，烟雨朦胧。一个北方人见到这种轻烟细雨的情形，不免在沉醉中轻轻叹息，有一种微感凄凉的情调，这时小楼上飘来昆曲《牡丹亭》的唱词，良辰美景奈何天，赏心悦事谁家院……婉转的旋律从水面上悠悠地荡过来，让你真想在杏花春雨里，听曲到天明。

情书

日本电影《情书》，博子给死去的未婚夫藤井树写信，另一个叫藤井树的女孩收到了信，她是藤井树的同学。随着通信的开始，回忆慢慢展开。影片结尾，一群中学女孩拿着一本书围着女藤井树，当藤井树拿出借书卡时，情不自禁地哭了，借书卡上是她中学时代的样子——那个叫藤井树的男孩子画的。整部电影，只有开头略显沉重，到回忆展开时，色调开始变得明亮，温暖动人。我很喜欢这种东方式的情感表达方式，内敛沉稳，于无声处听炸雷！爱并没有因为死亡而消逝。这种以初恋为题材的电影，还有张艺谋的《我的父亲母亲》，镜头很唯美，章子怡像个大花蝴蝶似的跑来跑去，如同一部超长MTV，内容略显单薄。

我觉得好的电影应该是这样，不是让你心潮澎湃，而是莫名地感到惆怅。影片中，图书馆里男藤井树靠在窗边，在白色的窗帘中若隐若现，仿佛我们悄然而逝的青春——藤井树给博子的信戛然而止，我的回忆就到此为止了。让我想起自己的少年时代，初中的班上真是很有意思，有些孩子还像小学生，而另一些孩子完全是成人的样子了。看上去小的同学在走廊嬉戏玩耍，看上去大的同学坐在位子上聊天，奇文共欣赏，疑义相与析！我和一个男孩就属于后者，我非常喜欢他，还给他写了情书，大概是说如果你也喜欢我的话，那么可以好好规划一下未来。他很久都没有回应，过年的时候给我一张贺卡，里面夹了一封信："我欣赏你的热情、真诚；欣赏你善良、正直；欣赏你敢说敢做、敢做敢当，但也正是因为这一点，你也被人疏远，试着改变一些，树立一个志向，一切都会好起来的。"这一连串的欣赏却让我黯然神伤，毕竟欣赏不是爱，倒是贺卡让我感到一丝温暖。贺卡上是两杯咖啡，旁边一行小字：这种聊天的滋味，只有老朋友知道。有人问我，当那些我曾经爱过的人又出现在我生活中，会怎么样？当然，那些青春期的爱，都只是一种幻象，借以抒发懵懂的情愫，对象没有意义，事件才是永恒。

秋叶陪博子来到藤井树的故乡小樽，与其说是为了博子，不如说是为自己，忘却的前提是面对。最后博子打算接受秋叶的爱，对着藤井树出事的雪山大喊：你好吗？其实这个时候的博子已经走出缅怀和回忆，重回到现实中，这要感谢另一位藤井树，而藤井树也要感谢她，重拾青春的残片，显然并不是她当初说的"灰暗的日子"。而是像丢失的宝石一样仍然在岁月的深谷里闪烁着光芒！秋叶的助理对秋叶、秋叶对博子、博子对死去的藤井树、少年藤井树对少女藤井树，影片的动人之处就在于这些无声的爱，只是爱，没有其他，不求回报。秋叶的女助理对博子说：请你一定要给老师（秋叶）幸福啊！

雪，从影片开头下到结尾，茫茫大雪覆盖了生者和死者……

诗·酒·友

读研时，我和小丹总有说不完的话，宿舍另外两位同学实在受不了就搬走了。这一走倒好，我们宿舍立刻升级为会议中心。

无论是小丹历史系的同学，还是我们文学院的同学，总是自由出入我们宿舍，或发布消息，或聊会儿天。后来一次偶然的机会，约大家周末晚上聊天，几次三番以后，竟成了我们的例会。一到周末，我和小丹就买好水果、小吃等待大家的到来。等会议正式开始时，小丹建议把大灯关掉，开一盏小台灯。因为房间很空旷，灯光就显得微弱而黯淡，倒有几分像咖啡馆。从江南来的姜美女，是一位像小仙女一样的精灵，她有着南方女孩少有的坦率和真诚，又有一股北方女孩少有的灵气。她说话的时候很矜持，但表达的思想却很有深度，你看她一副柔柔弱弱的样子，有些话倒有些不相信是她说的。晶晶是位腼腆、内向不爱说话的小姑娘，平时我问她借东西，如果她没有，总是站得笔直，一直摩挲着手，好像犯了错的小学生似的说我没有，我看着她的样子倒觉得有些惹人怜爱了。人和人的性格是那么不同，活泼可爱、有一丝诙谐之气的小庆，就会在我话音没落时，大声说："没有啦、没有啦。"一次我送晶晶一本书，她立刻跑到我宿舍致谢，明明是非常高兴和激动，但又很克制，又是摩挲着手，说谢谢，然后又偷偷含着笑走了。我看着她的背影，竟有一丝莫名的感动。即使是像我们这样的非官方会谈，晶晶也是正襟危坐、一丝不苟，在柔和的灯光下，害羞的她也渐渐向我们坦露她的内心世界。她说话前总是先清清嗓子，仿佛给自己壮胆一样。晶晶一直把我当成学习的楷模，她说每次找我，我都在看书。我笑着说："那你也要看看什么书，说实话，我爱好太广泛，沉不下心，并不适合做学术研究。"毕业的时候，平时不言不语的晶晶毕业论文被评为优秀，写得非常好。刘勰说"子建思捷而才俊，子桓虑详而力缓"，有些人才思敏捷，有些人善于沉思默想，但你不能凭借这些表面的东西来判别一个人才能的高下。而我的风格就是，站起来恨不得捂住别人的嘴说:"都别说了,我说!"小丹则是一副领导的样子,开始总结。每次谈到兴头上,小丹就建议大家喝点儿酒,我给大家倒好酒,自己拿一瓶苹果汁,小丹看见连最文静的晶晶都喝了,不屑地说:"最讨厌你不喝酒了。"姜美女脸喝得红红的,说我不喝,也是醉的!每次姜美女离开后,小丹看着我们俩的粗服乱发,总是很感慨地说:"你说咱们是不是活得不像女人,不然没事也整个面膜啥的,你看姜美女的皮肤,还是有效果的。"小丹说这话时,居然像在讨论学术问题,我不禁哑然失笑。毕业时,小丹历史系的同学过来——向我道别,可爱的张晶同学还特意拿来相机,要和我摆各种各样的姿势照相。就在张晶关门走的一瞬,平时冷峻、爱思考的小丹忽然说:"这个人也许你今生今世都没有机会再见了。"我们忽然都觉得很伤感,很久没有说话,小丹后来告诉我,她当时想的是我给她讲的寂寞濠梁的故事。一部《庄子》,就好像庄子在和惠子吵架,惠子死了,庄子却寂寞了,仿佛我们三年研究生生活的写照……

博士期间,我和毛毛、楠儿经常在一起开怀地畅聊。说起毛毛,是我当年考博时认识的,我们考试坐在一起,在那紧张的时刻,毛毛居然瞥了一眼我的身份证,然后像发现一个惊天秘密一样,说:"咱俩生日就差一天!"她的表情倒把考试映衬成了一场闹剧。成绩公布,我考上了,她落榜了,毛毛有些失落又有些欣喜地说我虽然没有考上,但这个考上的人是你,我真的为你高兴。在我赴美的这一年,毛毛终于考上了。我们每天总是抽一小时在我那开会,酣畅地聊天,爽朗地大笑。对面的江梅玲好同学推开门,看见满地狼藉和收住笑容的我们,说:"你们,你们怎么能这样,不好好学习!"我们又更热烈地哈哈大笑,异口同声地说:"因为我们是水瓶座的!"毛毛也几次三番地说你穿的那些衣服都没有线条,你看,应该如何如何。楠儿眼皮一翻,对毛毛说行了行了,你先把自己整好,再指导别人。楠儿把小青姐引荐给我,让我学习人家的穿衣打扮,告诉我女人不能因为年龄的增长而放弃自己,我想到法国人的座右铭:优雅到老。我拿到赴美邀请函的那天,最想告诉的人就是她们,楠儿有事没亲临现场,但是电话里她异常兴奋地说真的特别、特别为你高兴。毛毛拿了一些她去苏州开会带的酒,给我喝,我说我不喝酒;她像小丹一样说真扫兴!然后就开始嘱咐我:"姐,别看你比我大,但是你太单纯了,出门在外,不能随便相信别人。"如今楠儿在东京，毛毛是我俩的驻京办事处，毛毛喜欢猫，我的新居对面门上贴着：CAT LADY! 我又想起了这群可爱的精灵……

人生如此，夫复何求！

收藏家

朋友们经常问我："你记忆力怎么那么好？生活中的点点滴滴你都记得如此清晰。"我也不知道为什么，但是关于真情的一切，我都把它们收藏在内心深处，如果这样说来，我可是个大收藏家呢。

小时候我也的确有收藏东西的癖好。那些本来微不足道的小东西，如朋友的信、贺卡、甚至是一个树叶书签等，随着岁月的流逝，重新翻看把玩，就似乎有了特别的意义，使人无限眷恋珍惜。我有一张小学奥数老师做的听课证，上面写着——康氏智力开发有限公司一号学员，其实那只是他在我们做题时的涂鸦。我每每拿起这张小卡片，那个夏天，我们每天去找老师上课的情景就历历在目。我还有一片树叶，是高中时，当别人都拿着印刷好的毕业留言册写一些少年不识愁滋味的诗词时，悦在树叶上面用钢笔写了一首诗递给我的，说阿胡，这是我送给你的毕业留念。我觉得又特别又感动，一直珍藏至今。还有一位分班前和我坐前后桌的男生，有一次他抄作业，我把他批评了一顿，他不仅没记恨我，等我去文科班后还怀念我们的友谊。我们班上体育课，我看他骑个自行车东张西望，我问他在找谁呢？他马上放松了，说找我，新年快乐！我打开贺卡，看见他写得歪歪扭扭的字：你对人真诚，你是我最好的朋友。我看着贺卡上的米老鼠，再看看他憨厚的笑容，觉得很美好。我的高考准考证，有关高考的记忆马上浮现在眼前，爸妈说你别紧张，我也觉得自己不紧张，结果前一天夜里愣是睡不着，第二天班主任让我们几个没休息好的同学中午在教师休息室休息。最后一科考完，学校就给我们发了教育局印发的答案以供估分。我拿到答案以后，无数次想如果重新给我这份试卷，我会怎么答。这些小物件就像是记忆的密码，马上把尘封已久的往事打开了……

　　我常常因为一点点小事而感动不已，或喜悦、或忧伤、或惆怅，然而当我面对那些亘古不变的事物时，如窗外的皓月、宇宙星辰，比如一直陪伴我的猎户座，就忽然觉得自己是如此渺小，所有细微的情感都沉淀成一种纯净，无苦无乐的安静，仿佛天地之初！

所有权

　　有孩子的人都知道，孩子已经很久不玩的玩具，如果你要送人，他也会一把抢过来，委屈地说："谁说我不玩了？我现在就要玩呢。"很可笑，是吧。其实大人也是这样，男女在一起时，将彼此看作静物一样摆在那里，不用多看一眼、连灰都不用擦，认定是自己的人，一旦到了分开的时候，忽然离开了，另一个也许会难过一下，但那个难过并不是因为对方的离去，而是所有权的丧失。

　　我曾经对书有极强的占有欲，即使在书店、图书馆已经全部看完，为了随时翻阅也要买回来，还有一点小小的虚荣心，朋友来了说："哇，好丰富的藏书啊！"而那个随时，也许是十年二十年后。回西安，我经常翻阅少年时代的藏书，有些是已经看了很多遍的，有些居然是初次翻阅，并惊叹它的深邃和迷人。不禁感叹，如果把我的书房比作皇帝后宫的话，这位红颜知己等了我二十年。我忽然想到一个关于天一阁的小故事，有位姑娘非常想登上天一阁一览群书，于是她想办法嫁给了拥有天一阁的人家，可是嫁过去才发现，别说女人了，就是他们家的人也不是谁都能上的，姑娘每天仰望天一阁，又不能登阁观书，最后郁郁而终。我不喜欢借书给别人，怕弄脏了，直到小丹给我讲，导演佐拉斯基在苏菲·玛索十四岁的时候就发现她的表演才华，给她量身定做了很多影片，他们也成为伴侣，有人问他："你怎么总让苏菲拍那些尺度很大的戏？他是你的伴侣啊。"佐拉斯基回答："因为她的美是全世界的，我要让全世界看到苏菲有多美。"有人说佐拉斯基老牛吃嫩草，可是小丹说没有佐拉斯基，就没有今天的苏菲！听完这件事后，我不仅借书给别人，还慷慨赠书，研究生期间买的书，除了非常喜爱的，其他就送给同学，或者直接捐赠给校图书馆。我后来也很少买书了，不是看书的热情消减了，而是没有那么强的占有欲了。与每本书的相遇，因为本着不会重逢的打算，记忆力倒是超好，把认为经典的段落反复在脑海回放、用心研读。

中国父母一直以来都混淆了一个基本概念，抚养权和所有权，我们只有抚养权，没有所有权。这也是彼此痛苦的根源！父母总是说："我辛辛苦苦把你养大，你怎么能这样对我？"法律条文里写着父母有把孩子抚养成人的义务和责任，也就是说把孩子培养成一个身心健康的人是做父母的义务和责任。L是个很单纯、很腼腆的女孩，她很优秀但又不自信，在我们的鼓励下她尝试考博，但没考上。她爸爸病了，我们几个同学去看她爸爸时，她说没考上也好，儿女都在身边，我心里也踏实。不知道为什么我觉得很伤感，因为L曾经跟我说过她有个弟弟很有音乐天分，十六岁就考上了西安音乐学院，爸爸嫌学费贵，没让去，此刻我觉得因为爸爸还想让儿女，尤其是儿子，永远守在自己身边吧。我非常感谢我的父母，他们从来没有在心理上、生活上暗示要我守在身边。老妈天天锻炼，有一点儿病就很担心，我本以为年纪大了都这样，可是听她对老爸说："你没事也锻炼一下，万一咱们病倒了，娃娃想干个啥都不能去，拖累她。"我心里五味杂陈，尤其是老爸，永远支持我，任我随心所欲。

记得小时候去博物馆，爸爸指着那些周朝的铜器说："孩子你看，这些艺术品在过去的几千年里已经有好几百个主人了。"在这个世界上，没有人能永远拥有一样东西，我们拥有的，只有此时此刻……所以荀子才会说役物而不役于物；苏轼才会发出这样的感叹：唯江上之清风，与山间之明月，目遇之而成色，取之无尽，用之不竭，是造物者之无尽藏也，而吾与子之所共适。

同性恋

孙康宜老师在《耶鲁潜学集》中谈到电影《霸王别姬》之所以在西方社会引起反响，是因为同性恋的视角，当然这部影片所涵盖的文化内容远不止这些，我今天也来谈谈这一点。蝶衣给日本人唱戏，他回来激动地跟段小楼说那个日本人懂戏，段小楼啐了一口唾沫扭头就走，蝶衣一个人茫然地站在城门楼下；日本人走了，蝶衣因为给日本人唱过戏被抓，小楼和菊仙多方营救告诉他只要说是日本人逼他唱的就行了；蝶衣在法庭上平静地说："那个日本人没有逼我，是我自愿的，青木懂戏，如果他还活着，京剧早就传到日本去了。"全场哗然。陈凯歌提到当时《霸王别姬》政审时，程蝶衣最后自杀这一段通不过，审片子的人说为什么之前不自杀，非要等新中国成立了才自杀？这种人明显不懂戏，也不懂程蝶衣，蝶衣是活在艺术世界里，他从来就没在意过世事的变迁，他所有的痛苦和幸福也来源于此。日军占领北平，蝶衣霓裳羽衣，贵妃醉酒，演绎着绝世风华，大东亚共荣条幅赫然在戏台上，头顶忽地撒下无数抗日传单。灯骤灭，台下喧哗一片混乱之中，唯有蝶衣，独自于黑暗之中，传单之下，继续着未尽的绝美舞步，丝毫未曾停滞，即使没有人顾及"贵妃"；一片混乱之中，也唯有四爷，独自于楼上包厢继续目不转睛地注视黑暗中的蝶衣，丝毫未曾分神。懂蝶衣的是四爷。

电影《蓝宇》，捍东第一次见到蓝宇时，喧闹的人群，潮湿的空气，暧昧的眼神，捍东周旋其间，当怯怯的蓝宇出现时，世界就此退去，只剩一双清亮的眸子。"雪这么大，你穿这么一点儿，冷不冷？"捍东给蓝宇系上自己的围巾，捍东转身会回到自己的世界去，蓝宇就只会抓住这一丝温情，当作一生一世！捍东也曾以为蓝宇不过是玩物，随着时间的流逝就会淡忘，但是随着时间的流逝他才明白什么叫思念。再次的见面，也是喧闹的人群，潮湿的空气，月明星稀，世界就此退去，不同的是捍东紧紧抱住蓝宇，忘却了世界和理智，只想永远不分开。他能够面对自己，面对蓝宇，面对自己和蓝宇的感情。没有暧昧，没有试探。捍东出事了，蓝宇拎着三百万，那是捍东从开始到最终给蓝宇的一切物质财富，救出了捍东。突如其来的车祸带走了蓝宇，捍东离开太平间，车在公路上飞驰，两旁的街景飞速后退，捍东第一次泪流满面，他的心沉到更深的黑暗中去，屏幕上飘出黄品源的《你怎么舍得我难过》，荧幕外的我也泪流满面，比异性还爱得干净纯粹、轰轰烈烈！

最近看《聊斋》，发现十几篇关于同性恋的题材，其中《黄九郎》和《封三娘》人物较为饱满、丰富，前者里的女人、后者里的男人，反而成了陪衬，同性之间的感情也可以那么纯粹、真挚！大学时代，有个男性朋友告诉我他是同性恋，我当时并不吃惊，因为我已经接受他了，只是他说以为我也是同性恋（因为我穿着比较中性）才告诉我的。后来我在王家卫的电影里看到一句台词：当一个女人极度渴望她心爱的男人出现时，她就会把她自己打扮成他的样子。我现在忽然想起那次有趣的对话，有一种奇怪的想法，我要是同性恋就好了。我所见到的大部分男人都是道貌岸然，实则猥琐不堪；女人却是有情有义，至情至性，我就曾对一位自称出身江湖的女性朋友说："我从来没有在一个男人身上看到你身上的善良、真诚、大气、智慧，如果你是男人，我一定会爱上你的！"

王气

于文学我是喜欢六朝的，那段历史风华绝代，是美的极致，但我不得不承认也许因为美的本质是纤细的、柔弱的，所以那个时代也给人一种孱弱的感觉。南京，在去栖霞山的路边可以看见散落的巨大石兽，在漫长的荒草里有朝天阙的麒麟，传说那是梁简文帝萧纲的神道兽。它永远没有机会享受秦汉唐陵阙那样隆重的祭奠和朝拜，却在看见那些被岁月斑驳了痕迹的石兽时让人想到一句关于花的寓言：零落成泥碾作尘，只有香如故。江雨霏霏江草齐，六朝如梦鸟空啼，六朝如梦，如梦的六朝！

有一句俗话：去西安是看坟头的。此言不虚。每次高速公路规划好，施工后都要绕道，不知又冒犯了哪位帝王的陵寝。除了兵马俑秦始皇陵去了无数次之外，其他陵寝并没去过。《汉武大帝》热播时，我怀着激动的心情去了茂陵，只看到几位工作人员和零星的游客，无论是谁，生前如何显赫，死后都是如此寂寞，不过倒是发幽古之思的好去处。其实就是几个大冢，李夫人是汉武帝生前最爱，因为是妾，离他的陵寝位置最远，霍去病也在这里，这在古代帝王陵寝中是少见的，可见霍去病在汉武帝心中的分量，确切地说汉武帝看中的是他对帝王基业所做的贡献。电视剧中，张骞是汉武帝做太子时的伴读，出使西域被匈奴扣押十余年，历尽艰辛回到汉朝，大殿之上，汉武帝和张骞相认，喜极而泣、百感交集，我也泪流满面，真想把这千古一瞬拦腰抱住！张骞的坟在我老家汉中城固县，老爸说那一大片地曾经都是太爷爷买下的，但是爷爷当兵回来后觉得时局动荡，把地都卖了，曾经的大地主才被定为富农。历史真是会开玩笑，很多穷了一辈子的人买下了地，结果成了地主。

　　霍去病墓前的石刻马踏匈奴，让你感到那马喘出的粗气扑面而来，正体现出汉代朴、大、拙的艺术风貌，那傲视一切的姿态如同汉家守护神，镇视四海；匈奴的目光冷森森、凶狠狠，如电流击过周身。我读到一首匈奴民歌时，却由胜利者的傲慢转变成了对失败者的同情之心，"还我祁连山，使我六畜无蕃息；还我阏氏山，使我妇女无颜色"，满满的也是对故土家园的爱。徘徊在陵寝四周，尽管沧海桑田、世事变迁还是掩藏不住往日的辉煌，四周是麦田和村庄，炊烟袅袅，那是守陵人的后代。

　　我在余晖落尽之时最后抚摸了石刻，抚摸了那被风雨所蚀的斑斑点点，但却无法描述夕阳中那冷峻的沉默！整座陵寝有一种浩然之气，一种旷古的时代感，一种略带苍凉的野性，一种被人遗忘了的气息。

　　西风残照，汉家陵阙！

我是女生

　　电影《燕特尔》，讲二十世纪初东欧犹太人家庭的女孩燕特尔，女扮男装求学的故事。在求学的过程中她爱上一位经常和她辩论的男同学，有人说不就是个梁祝的剧情吗。我仔细想了想，不全是，因为我最感动的不是她和男同学的感情，而是结尾她孤身一人远走他乡，站在船头高唱，以对死去父亲独白的方式表达对知识和智慧的不断追求。

　　初中的时候，家里有位亲戚小玲姐，她在西安上卫生学校，经常来我们家。文文静静的、非常有礼貌，妈很喜欢她，让她和我一起玩。小玲姐很爱看书，当时我买的一部分书只是装点书橱的，并不认真看，比如莎士比亚全集，她都借去仔细研读了。她经常把读书笔记跟我分享，我对她的才华和悟性叹为观止。回汉中老家，对于第一次接触中国乡村的我来说，此行对我内心的冲击可想而知。我去了小玲姐家，她家和整个农村的经济状况相比，并不困难，属于小康之家。她弟弟不学习，中途辍学一年，可是父母还是坚持要供弟弟上大学，小玲姐初中毕业成绩全乡第一，却只让她上中专。我回来后，不停地追问老爸老妈："为什么小玲姐爸妈不让她读高中、上大学？"

　　中国古代女作家、女诗人寥寥可数，并不是女性没有才华，相对于男性，女性的感觉更敏锐、更有灵气，但是没有平等受教育的机会。近代有位学者，他出身书香门第，即使像他这样的家庭也觉得女子无才便是德，不让妹妹受教育。妹妹每天在私塾外偷听自学，后来也成了一位有名的学者。只有像蔡邕、李格非这样的学者，才有远见和气度让自己的女儿接受最好的教育。耶鲁女人桌，记载了女性教育从零开始的历史，桌面上精心设计了一连串的年代和相对的女生人数，如１８７０年的"０"、１９８０年的"４１４７"。年代与数量全都在桌面上很规则地、呈螺旋状显露出来，桌中心不断涌出的泉水使得字迹若隐若现，别有一种美感。而我从看见孙康宜教授那篇《从零开始的女人桌》，到二十年后站在它面前，看着儿子在旁边玩水、抚摸上面的数字，也可说是走过了女性自我教育、自我成长的过程。

我与我

张艾嘉电影里有这样一个细节，女人生活上遭遇打击，她马上回家翻查电话录挨个打电话，每个接到电话的人都因为各种原因很匆忙地挂掉，女人崩溃地坐在地上。女导演特有的细腻、敏锐总是能捕捉到人生的痛苦和无奈，又在不经意间表达出来。

宿舍，有位同学和男朋友吵架了，她马上就给所有的朋友打电话，说可能会去找她们。小丹说这个人的贫乏、空虚瞬间就暴露出来了，别人对她态度一转变，就崩溃了，自己消化不了痛苦和失落。在福田时，每天中午吃饭我们几个女人就开始吐槽领导，然后义愤填膺地点评，自号"四大怨妇"。后来有朋友夸我从不抱怨，我才想起这件事，我说我当然抱怨过，那就像成长的必经阶段一样，有过去的你，才有现在的你。我刚去北京那几年，每次回西安，一见到以前的朋友就说我们单位周六上班，或者说单位某人欺负我，人家连话都插不上。即使失联多年的朋友给我打来电话，我都不忘吐槽。抱怨无非是想从别人那里寻求安慰，这个度把握不好就成了祥林嫂，况且每个人都有自己的生活，又有几个人真正关心你的生活。Irina来美国的那段时间，我陪伴过她，她感受到了我的热情和善良，同时也感受到我的软弱，因为我对生活的抱怨。我们分手的时候，她握紧拳头说："你必须强大起来！"这句话也许直到我真正强大起来才明白。Irina是战斗民族俄罗斯人，是个与众不同的人。当时她在美国读研来我们单位实习，她说她也是对俄罗斯的工作生活不满意才努力改变自己的。当我看清生活的真相以后，就再也不怨天尤人，怨也是从自己身上找原因。朋友向我抱怨她的室友，总是说室友本来应该怎样、却没有怎样，我说："莎士比亚说没有期待，就没有伤害。我们对自己的儿女都不要有太多期待，何况对其他人呢？人家没做，是应该的；做了，你应该心存感激。我们能够要求的只有自己，要不断调整自己为人处世的方式方法和自己的心态，等你做好了自己，由此产生的其他关系自然就会得到改善。"保龄球和马术，都是竞技运动，但特别之处是——没有真正意义上的对手，这个对手是自己。电视剧《我的兄弟叫顺溜》，其中顺溜和日本狙击手对决的那一场，两个高手之间技术上已经没有太大差别了，比的是心态，再深入一些，其实也是——自己和自己的较量。高晓松酒驾被抓入狱，他说刚好一个人静静地思考一些平时没时间思考的问题。乔布斯的家中没有家具，与其说他崇尚禅宗的简约，不如说为了凸显自己，当一切浮华退去才发现存在本身。所谓知己，无非也是茫茫人海中看见另一个自己，似是故人来。生命中的朋友，来来往往，每个人能陪你走的只有一段，有人说伴侣可以陪你走到底，你再仔细想想看，在生命的尽头也只有自己能陪自己走到最后。

一个人拥有的越多，需要从别人那里得到的越少，甚至没有。很多演员必须通过制造绯闻来提高曝光率，害怕别人把自己忘了。真正优秀的表演艺术家，却是低调的，然而你想忘却忘不了。陈道明很少接受采访，他坦言一生中说的废话就够多了，不能再让观众听到这些化过妆的话。不拍戏的日子，他喜欢读书、写字、画画、弹琴，让我想到《世说新语》中，殷浩那句：我与我周旋久，宁做我！

五百个尴尬的瞬间

前年在西雅图一家书店，看见一本小书《五百件快乐的小事》，那次美国之行遇见许多可爱的灵魂，又一起经历很多事情，居然与书中很多内容吻合：和一群萍水相逢的人住在一起像家人一样用餐；还没出超市就把薯片打开；站在梵·高星空下陷入沉思；做了一件又一件曾经不敢做的事情……

而我今天要讲的相反，是人生中尴尬的瞬间。记得在美国小学当义工卖书时，每个孩子走进来都会选购喜欢的图书和一些学习用品，女孩子更喜欢那些有创意的文具，有一个黑人小女孩无限渴望地看着一款文具，咬着手指头，我走到身边问她："你喜欢吗？"她点点头说："但是我没钱。"她眼神里的沮丧，脸上和年龄不相称的自卑一下就击中了我。让我想起小时候一次合唱，老师要求每个人都穿白球鞋，老爸让我在白球鞋和凉鞋中选一个买，考虑到之后是漫长的夏天，我选择了凉鞋，问同学借白球鞋。我很早就到会场眼巴巴地等那个愿意给我借鞋的同学，她到了，我走上去问白球鞋呢，她连看都没看我一眼，很平淡地说没带，脸上还露出一丝不易察觉的微笑。我当时觉得天都塌了，我到现在也忘不了走上台时，所有人对我投来责备和厌恶的眼神，我穿的是一双凉鞋。虽然老爸后来解释因为我总喜欢骗钱买吃的，他真假难辨，才出此下策，无论出于何种原因，那件事对我的伤害永远无法弥补。至于骗钱买吃的，也是有原因的。夏天，小卖部在我们班不间断地放一箱汽水，同学们可以先喝，喝完还箱子时一起付账。那箱汽水对我真是一种巨大的诱惑，尤其是下了体育课，大家跑回教室，纷纷从班长那里买汽水，然后坐在座位上悠然自得地喝汽水、聊天，我凝视了半天，也拿了一瓶，班长说钱可以回头再给。我拿着汽水，加入大家的交谈，捧着这瓶汽水才让我觉得和大家是平等的。我当时甚至想，如果有一天我有钱了，我要买一屋子汽水，想什么时候喝就什么时候喝，想喝多少就喝多少！有时候钱所带来的，不是钱本身，也不是物质本身，而是你做人最起码的尊严。

小学，我们几个女生约好了一起穿裙子，明媚的阳光下就像几个大花蝴蝶似的行走在天地之间，青春啊！真想嫁给那三月里的春风，满怀都是春，花雨人如醉。忽然风把裙子吹起来了，妍说："哇塞！看门的大爷在看。"我们几个哈哈哈，笑成一团。五年级，月经初次来潮，放学路上裤子上全是血，几个同学护着我走回家，家长很平淡地告诉我怎么处理，我心里是巨大的恐惧和尴尬，仿佛做错了什么事。后来在一个日本电视剧里我看见同样的一幕，可那个女孩的母亲是很兴奋地告诉女儿，这是你人生中的重大时刻，从今天开始，你已经是一个真正的女人了！再后来一次我向妇科大夫抱怨要是没有月经就好了，她说月经初潮，女人像花一样绽放；到后来绝经，又像花一样凋零、枯萎，这就是女人的一生。没有它，整个女人就失去了光彩。小学毕业，老师问谁考上附中了，我站起来，老师半天不愿意叫出我名字,愣是让我怔怔地站了几分钟,还是没叫我名字,最后轻声说坐下吧。尴尬的是她,因为她心里给我贴过差生的标签。小丹说我从不按套路出牌,我惰性太大,需要一些压力激发潜能。初中,和喜欢的男孩坐在一起听团课,有几个调皮捣蛋的同学在后面哼婚礼进行曲,懵懂的我们脸涨得通红,如坐针毡,相对无言,可那真是一种甜蜜的尴尬啊!

主持人问盖茨戴的是不是那种能检测健康的表,人家想由此做引子讲科技改变生活,盖茨坦诚地说:"不不,就是十美元的那种。"简直像来砸场子的。风把特普朗的领带吹起来了,总统居然是用透明胶带固定领带,无视领带夹这种时尚元素。被全世界笑话又怎么样,那些穿衣法则都是针对普通人的,我特普朗可不是……

遐想

古人写文章都要焚香,在香气缭绕中别有一种韵味,从而更好地进入写作状态。我写东西时喜欢放音乐,思绪可以随着旋律飘得很远很远,渐入佳境。儿子问我:"你为什么写文章要听音乐?"我答:"为了文思。"我问猪宝:"你怎么不写了?"儿子答:"都是你的音乐把我的文思弄没了。"

高中语文课,老师忽然提问我"遐想"的"遐"什么意思?我一脸茫然,的确我又走神了。关于我上课走神的根源,可以追溯到学前。那时老妈让舅舅照顾我半年,舅舅图省事,把我送到学校,因为没到学龄,又是一年级下学期,我听不懂总是玩,或者走神。回西安后,又重新上一年级,很多知识似懂非懂,但已经没有新鲜感了,上课总是望着窗外陷入遐想,后来我听到罗大佑那首《童年》:操场边的秋千上,只有蝴蝶停在上面……等待着下课、等待着放学,等待游戏的童年……简直就是我小学生活的真实写照。经常是在我凝视窗外时,老师忽然向我提问,我所答非所问,同学们哄堂大笑。每次开家长会,老师总是很无奈地对爸妈说:"你说她没听吧,她又在静静地坐着,但是你说她在听吧,脑子里又不知道在想什么。"我在跟人说话时，也经常走神，就好像孙悟空虽然躯壳还在，魂魄已飞到九霄云外。刚工作时领导开晨会，并且第二天还要对前一天的内容提问，而我又总是一问三不知，他气得拍桌子，为什么你总是睁着一双无知的大眼睛什么也答不上？很多年后，刘老师夸我眼睛好看又有灵气，我忽然想起领导的训话便说给她听，我们笑成一团。研究生期间，去孙老师家上玄学和魏晋山水诗，老师家里布置得很有艺术气息，清晨，老师坐在靠窗的太师椅上，开始魏晋清谈，而我的思绪早已被这种文化气息所感染而飘到"爪哇国"了，孙老师忽然发问："你到底好好听了没，你为什么不做笔记？"即使这样也没把我的思绪拉回来，后来姜美女说罪魁祸首是我眼睛太大，一走神很容易被发现，不像她们眼睛小的人，思绪稍微离开一下，也看不出来。

我以前听说古代诗人都有个随身卷子，随时记录灵感，我当时觉得既可笑又夸张，但是我现在就随身带个小本，我走路、做饭、逛街，随时随地记录，因为无论我在哪里，脑子里一直在遐想……

性感

有感于国产影片和演员都把露肉当成性感，我想区别一下色情和性感。色情仅限于内容本身，而性感不一定要露，但却能把你的思绪和情欲挑逗起来，是对象以外的东西。比如脱衣舞和拉丁舞，前者是色情，后者则是性感。拉丁民族的音乐充满了挑逗，每一个音符、每一个动作都是暧昧欲念的外化。

国人拍摄的有关日本题材的电视剧先不讨论内容，但我每次看见剧中日本女人的和服就受不了，和服本身就是一件艺术品，再加上日本女人特有的气质，一举手、一投足都很有味道。电影《艺伎回忆录》，我觉得最大的失败就是选了中国女演员，杨紫琼、巩利都是非常优秀的演员，但是她们的身份和成长环境所形成的气质的确不适合片中角色。中国女演员去演日本传统艺伎，就感觉是把拉丁舞跳成了脱衣舞，只有风骚放荡，没有暧昧缠绵。正大剧场曾经放过一部影片

《情系东瀛》，讲美国一位研究艺伎的女学者深入艺伎的生活，和其间发生的故事。她想了解艺伎的生活，可是所有的艺伎馆都不肯告诉她艺伎文化，只有一家艺伎馆老板娘把一套和服放在她手上说：要学习是要去做，而不是靠说。剧中美国演员、日本艺伎我都记不清了，但我记得老板娘——一位优雅、温和而有力的老年女人，但风采一点儿都不输年轻的女子，浑身散发着女性魅力，那才是性感，无关乎年龄。

但还是没有中国的旗袍懂得美的辩证法，上面包裹得严严实实，下面开叉到大腿根，并且它的可塑性极强。可以是《胭脂扣》里的如花，一股浓艳的风尘气和市井气，她着着男装唱《客途秋恨》：你睇斜阳照住个对双飞燕……十二少在眼神流转之后定格在如花身上，性感是阴阳两种气质的完美合体；还可以是《花样年华》里风情万种的苏丽珍，苏丽珍每晚出去买面时，华丽的旗袍在街角斑驳的墙壁、橘黄的路灯映照下，再配上原本洋气的爵士乐做背景，反衬出一种寂寞凄凉的气氛，这么美的女子，在花样年华里，形单影只。电影结尾，周先生问苏丽珍："如果我有多一张船票，你会不会跟我一起走？"这就是对白的力量，于无声处听炸雷，话里藏着我爱你，但又比直说带给你无限的想象空间；《色戒》中王佳芝穿着旗袍给易先生唱《天涯歌女》，唱到第三段国破家亡时，王佳芝也从普通的舞蹈变成眉目传情，易先生流泪了，也许他就是在这一刻爱上王佳芝的，说来也奇怪，一个汉奸居然在听到山河破碎时流泪了。这就是张爱玲啊，她写的不是性、不是爱、是人生。

言，身之文也

孔子曰：言，身之文也。刘勰说：无识之物，郁然有彩；有心之器，岂无文欤。都是在强调语言的重要性。连战和大陆领导见面时，吟了一句诗经里的"嘤其鸣矣，求其友声"，大陆方面回了一句唐诗。不学诗，无以言。以诗经作为外交辞令，是我国春秋时代就有的传统，吟错诗，会错意，两国之间可能要爆发战争呢，《左传》里就有这样的故事。

大学时，一次在宿舍听广播："现在播报一则文化消息，范冰冰说赵薇没文化。"我们几个人都停下手边的事，笑了。我很喜欢看明星的访谈，从他们的话里，一个人的出身、教养、所受教育程度一目了然。记者采访陈建斌前女友吴越，吴越是这样说的："我是一个普通的女人，既不超凡，也不脱俗，普通女人有的喜怒哀乐我都有。但是一旦你认清了，给自己一个结论，那么就没有什么遗憾了，重要的是在遇到各种事情时能够有化解痛苦和赢得幸福的能力！"我一下就对这个外表柔柔弱弱、貌不惊人的女子产生了好感，然后八卦出她出身书香门第，父亲是书法家，是大家闺秀。志玲姐姐因为演戏实在不行，说话又嗲声嗲气，我对她一直没有好感，直到看了几次她的访谈，还有她在大连跌下马后被固定在担架上，记者拍照时，她还挥手致意，这不光是敬业，让我看到的是她隐藏在柔弱外表下强大的内心，果然出身名门，她中学就孤身一人去加拿大求学，后来在多伦多大学就读，主修西方美术史和经济。林志玲出道那么晚，在整个亚洲刮起了旋风，绝不是光靠脸。

美国小学的教室里在墙上贴着：你永远无法修复一颗揉皱的心，让孩子们从小学会谨言，顾及别人的感受。美国老师非常重视孩子的隐私，孩子成绩都是寄回家的，开家长会也是一对一单独开，绝对不会当着家长面说孩子。父母对孩子也一样，挖苦、讽刺比批评造成的伤害不知要大多少倍。高中因为数理化不好，我的成绩一下就比初中下降了好多，老爸在饭桌上说不知道你什么时候还能免学费（附中规定前几名可以免学费），老妈马上就来一句："你看她那样子，可能吗？"我眼泪刷就下来了，放下碗回屋了。当时我学得非常辛苦，但附中高手如林，周围都是天才少年，每年考上清华北大的占陕西省一半，不是西安市一半。真是悖论！当我完全放弃免学费的想法时，反而免学费了，因为文科班刚分班我居然考了第二名，终于找到了久违的自信。

善言出己，理足则止。这一条绝不适用于无耻之徒，因为他们会把非常适合他们的话，倒打一耙用在你身上。无论好的、坏的言语，至少你还愿意在这个人身上花心思；爱的反面不是恨，是淡漠，是连话都懒得说。

一万小时定律

作家格拉德威尔在《异类》一书中指出人们眼中的天才之所以卓越非凡，并非天资超人，而是付出了持续不断的努力。一万小时的锤炼是任何人从平凡变成超凡的必要条件。他将此称为"一万小时定律"。要成为某个领域的专家，需要一万小时，按比例计算就是如果每天工作八小时，一周工作五天，那么成为一个领域的专家至少需要五年。这就是一万小时定律。我想起卖油翁说无他，唯手熟耳！我和同学也总结出，要做出成绩，已经不需要聪明才智了，只需要你不间断地去努力！茹的导师是位八十多岁的语言学家，他每天都在办公室看书写作，一生都耕耘在语言学领域，怎么能不成为大师？

有位姑娘听到李商隐的诗句发出了这样的感叹："谁能有此？谁能为是？"这里有两层意义：谁有这样的情怀？谁又能把这样的情怀表达出来？我之前有很多想法，但不知道该怎么表达。朋友说没想到我到了国外反而国学知识大涨，其实从我零八年考研至今，虽不敢说读书破万卷，但几千册是有的。我前半生知识的积累、生活的历练都在这段时间汇成一股巨流，喷薄而出，只是我刚好人在美国而已，人在他乡，寂寞心情好著书！最近写的很多文章很多年前就已经开始构思，却无从下笔。当我写完硕士论文，尤其是博士论文后，忽然发现那些长期酝酿在脑海中的形象、故事和感悟，便呼之欲出进而述之笔端。

聚会中，我们吃着零食聊着天，朋友一时兴起弹起了钢琴，我真的很羡慕他能够用艺术给朋友们带来如此美妙的享受，而他的专业是语言学。此时，我才有点儿后悔没有坚持把钢琴学下来，也埋怨爸妈没推我一把。小时候只练了三个月，新鲜感过后就是日复一日枯燥的练习，老师发现我几周没完成作业，问我："你还想学吗？"然后弹了一首《小天鹅舞曲》做最后的挽留，仍然没有打动我。老师走了，我们一家在阳台上目送她，而她其实也还是个孩子。后来老妈一个同学的孩子转到我们班，写一手漂亮的毛笔字，我每天都去她家和她一起练毛笔字，班主任发现我的书法突飞猛进，推荐我到书法班，又是三个月，书法班老师到班里来找我我都不去，他丢下一句话气愤地走了，"这孩子没出息"。后来我迷上了素描，因为是自己强烈要求学的，虽然坚持不下来但也骑虎难下，只好风雨无阻在碑林区少年宫学了两年，因为老师坚持基本功的训练，一遍遍画石膏，非常枯燥乏味，我又烦了，结果永远画不出大哥哥画的小提琴。现在我想起童年的许多美好回忆，想写一本散文集配上自己画的插图，但没有那样的能力。我渐渐明白一个道理，学什么其实并不重要，对意志力和品格的磨练才是最重要的，这对成长中的孩子来说是终身受益的宝贵财富。而我由于自己的原因和父母的娇宠放纵，不仅做事没有恒心毅力，遇事不想怎么解决而是想如何绕过去，导致成年后各方面能力极其低下，等明白的时候已年近不惑，中间失去了多少东西，有些可以挽回，有些不会再给你机会。一万小时，你付出的是时间，收获的是意志力的磨砺和品格的升华。

照见

Kelly 调皮捣蛋、古灵精怪，但我真的特别喜欢她，小姑娘敏锐、聪慧，在有些地方对生活的洞察力甚至比我还强，我从她身上学到很多东西，道之所存，师之所存。朋友说Kelly 是个很特别的女孩，而我也很特别，所以才会懂得欣赏她。朋友说："二十岁的时候，我也曾经和你一样单纯，但是随着时间的流逝、阅历的增加，我就改变了。"我笑着说那我的独特之处就在于我最本质的东西，二十年来从未改变。就像罗大佑的歌词：不变的你，伫立在茫茫的尘世中；孤独的孩子，你是造物的恩宠。

电影《燃情岁月》中，一伙人叫卓顿去打黑熊，他们都已经把枪口对准了黑熊，但是那一瞬间看着黑熊无助而茫然地站在那里，卓顿忽然想起弟弟在战场上被铁丝网绊住无力挣脱，而自己当时近在咫尺却无法挽救弟弟的生命，于是他默默地把枪收起来，别人都不理解，只有一刺看懂了他。小学的时候，妈给我买了一套人民文学出版社出版的连环画本世界名著，当时售货员都有点不想卖给我们，脸上写着"她看得懂吗"。的确，当时我看的只是故事，可是有些人物还是给我留下了深刻的印象，比如《悲惨世界》里的沙威，他把追捕冉·阿让当作终身事业，而当他最终抓到冉·阿让时却放了他，自杀了。后来我看了原著，里面有大量沙威的心理描写，非常矛盾，我忽然发现他才是悲惨世界里最悲情的人物。冉·阿让在神父的感化下放下了恨，学会了爱，从此走上了一条自我救赎之路；而沙威是一个近乎人格分裂的人物，警官的职责让他要忠于职守，以追捕逃犯为职责，但是他内心早已看清了法律的荒谬和虚伪，他其实是和冉·阿让一样的人，但他到死都不愿意承认这一点。他们第一次交锋是在法庭上，沙威对芳汀说你的六个月监禁，即使永生的天父来了也无法改变。紧接着，冉·阿让就要求沙威把芳汀释放了，这其实也是道德和法律的一次对决，有意思的是冉·阿让是在芳汀吐了他一口唾沫以后这么做的。我忽然明白佛家六度和基督教义里面都有的一项——忍辱！沙威在数次可以逮捕冉·阿让时，都动了恻隐之心，逮捕冉·阿让，违背他的良心；放走冉·阿让，那么他一生恪守的信念和原则就没有意义了，他的一生也就成了一个笑话，他无法给自己一个解释，更无法超越自己，最后只好选择自杀。沙威在和冉·阿让敌对的过程中，不是没有看见冉·阿让的善，也不是没有感到自己内心对善的渴望，而是他一直压抑着，始终不愿意承认和面对，等他准备面对的时候，他便放走了冉·阿让，选择了自杀，其实从某种意义上说，这也是一种自我救赎，是用自己的生命去承认善的正义和存在。

刘老师总是设身处地为我着想，在大事面前为我出谋划策，而我刚好又拙于这些事务。我问她："我们萍水相逢，您为什么要这么帮我？"她说："人海茫茫，我看见你，就好像看见自己年轻的时候，我帮你就是帮我自己，我希望你好……"

主流的力量

美国邻居有两个适龄儿童没去上学，他们每天都在家，在院子里玩。他们的妈妈自己教，我不知道什么原因不上学。来美国前，一位朋友对国内的小学教育非常不满，她说再这样下去，她就不让孩子上学了，带孩子周游世界，边旅游边学。毕竟只是一时的气话，因为无论她还是你我，真的很难有与社会主流对抗的勇气和胆识，无论对错。

儿子上大班时，班里大部分孩子都转去上学前班了，虽然我对学前教育不赞成，但是这种巨大的潮流的力量对我造成一种恐慌，难道真的像他们说的一样不上学前班就跟不上？儿子小学入学一学期后，班主任给了我答案，她说一开学，校长把入学考试成绩给她，但她不看过去只看将来，有些孩子一开始连笔都不会拿，一看就没上过学前班，但并不影响他以后的学习，反而这样的孩子非常爱思考，比如我儿子。我才松了口气，但在这个坚持的过程中我也会经常质疑自己。记得我上高二时，面临文理分班，当时我所在的是一所重点中学，重理轻文，如果选择文科班，大家就会认为是被淘汰了，所以我迟迟不能决定。后来我发现自己数理化太差了，如过非要留在理科班可能连大学都考不上，最后时刻我才选择了文科。我在文科班发挥出自己的优势，也考上了理想的大学。可见主流的力量强大到有时让你无法面对内心真实的想法，但到决策的时刻，也要认真衡量自身的情况不随波逐流。

美国老师问我们关于时尚你们认为中国是一个怎样的发展趋势？大部分人都回答五六十年代很保守落后，然后慢慢时尚起来。珊说其实二三十年代就很时尚了，五六十年代经历了一个低谷，然后又有所发展，但究竟是当代更时尚还是二三十年代更时尚还很难下定论。我想起一句有趣的话：关于时尚，超前一年是时髦，超前十年是下流，落后十年是高雅。我能不能认为在教育理念方面也是这样。很多以当时的主流思想去看待的认为错的事情，可能恰恰是事情本身远远超越了当时的社会意识形态，远远走在了时代前面。

祝贺你离婚了

朋友发来短信道："我离婚了。"想起这几年她生活上、精神上所受的折磨，我觉得离婚真是一种解脱和释然。我们的社会价值观太单一，结婚的人总是以胜利者的姿态对未婚的人指指点点，或者是到了婚嫁年龄而又不结婚的人，往往成为众矢之的。每年春节，都有人害怕回老家，怕长辈们问怎么还不结婚？以致出现一种特殊服务——租赁女友。可是你怎么知道结婚的人一定就比没结婚的人幸福呢？这世上只有一种幸福，就是按自己想要的方式生活。

很多年前看见朱天文、许鞍华、小津安二郎这些终身未婚人士，我不太理解，但有了一定的生活阅历后，我觉得对于一个经济、精神完全独立的人来说，如果找不到和自己各方面匹配的人而随便找个人凑合结婚，那样使自己的生活质量从本质上是完全降低了，那还不如单身。尤其是女人，明明自己就可以活得很精彩，为什么选择让自己不仅像老妈子一样去伺候男人，还要容忍秃头、大幅便便的他在茶余饭后对你评头论足。

高中时，物理老师都快退休了，离婚了，一时间成了人们茶余饭后的谈资，不外乎为什么不凑合过呢。可是为什么要凑合呢？人生已经够苦短了，还不能在余生里按自己的意愿活下去，那生命还剩下什么？李亚鹏对王菲做什么似乎都是支持的，但是他却不能像窦唯那样因为王菲唱错一个音而捶胸顿足，王菲的确很有天分，但她后来在艺术道路上的成长离不开窦唯曾经的影响，窦唯能给的，别人给不了。法国人不结婚，这也是我曾经理解不了的，现在我明白了，婚姻给的他们不需要，他们需要的，婚姻给不了。或者有些人在婚姻里已经死了，但是走出婚姻他们却活得那么鲜活生动，我不禁在想没想到一个人的成长和改变居然是在离开另一个人以后，那那个人对他又有什么意义？这违背了爱的本质。

我回复："祝贺你离婚了！"

成熟

成熟和年龄无关，白发苍苍的老人同样可以不成熟，二十岁的年轻人也可以很成熟，这是一个人心灵的年龄和承受力。

成熟的人不抱怨。我发现女人之间的聊天，百分之八十都是对生活各种各样的抱怨，彼此发泄，当然适当的倾诉对身心健康也是有益的。我刚上班的时候，和几位女同事每天中午吃饭，乐此不疲地抱怨领导，自称"四大怨妇"。IRINA告诉我："你话里话外都透着对公司的抱怨。"她说她以前在俄罗斯一家工厂工作也很辛苦，她对工作环境也不满意，于是就考研究生去了美国，开始新生活。她这个人和她说的话，对我触动很大，对我今后的选择也产生了一定的影响。一位朋友告诉我楼上夫妻吵架，女人歇斯底里地在吼，她觉得女人活成这个样子很悲哀。我告诉她我曾经也是这样，还被人骂成是神经病，可能我当时确实也像神经病。当我发现我既改变不了别人也改变不了世界的时候，我就不再吵了，而是改变我自己，努力去追求想要的生活，离开让我抱怨的环境。我说的不抱怨还有一层意思，就是遇到问题时先从自己身上找原因，而不是迁怒别人。比如刚来美国时，我才提车有位朋友就想让我接送一下她，我没答应，她很生气。后来她提车以后，第一次战战兢兢地驶出路口才明白我当时的心情。她向我真诚地道歉，说应该理解我在国内也没有开过车，刚开始上路也很害怕。我才告诉她，当时我也想让别人陪我上路，但是别人有别人的事情，没时间总陪我，我谁都不怨，只怨自己没本事，这么多年早干什么去了。

成熟的人不依赖。不依赖不光指经济上，更重要的是心理上。原来儿子他们班一位同学的妈妈，她老公出轨，她就自杀了。这位妈妈有工作，经济是独立的，人长得也很漂亮，但是内心太脆弱了，内心不独立。男女之间谈恋爱，女的总是说想找给她安全感的男人，安全感只能自己给自己，别人给的都不安全。武则天在刀光剑影的后宫，觉得当上皇后应该安全了，但是皇帝居然想废掉她。她心里的安全感瞬间崩塌，这也是她一定要杀上官仪的原因，上官仪起草的废后诏书让她丧失的是好不容易建立起来的曾经一度觉得可以高枕无忧的安全感。也好，她从此头也不回地走向权力的巅峰，自己给自己安全感，踏实。有本书叫《爱自己，和谁结婚都一样》，我还没来得及看，但我觉得其实就是一个人格和心理完全独立的人，和谁在一起都一样。女人的问题就是总把自己只定位为"女人"，所以男人才也按照对待女人的方式对你。女人首先是"人"，一个人格独立的人，和男人的相处，首先是人与人之间的相处，然后才是女人和男人之间的相处。我们需要的是一个能和自己分享看电影心得的人，不是一个给你买电影票的人，也不是一个散场后陪你走夜路的人。内心强大的过程也是一个从害怕孤独，到习惯孤独，再到享受孤独的过程。

　　成熟的人不狭隘。有些人已经一把年纪了，但还是一副愤青的样子，这个也看不惯，那个也瞧不起。我辞职在家的那段时间就反省了自己为人处世的态度，当时我觉得有些同事很势利，就不理人家，见面连个笑脸都没有。后来我辞职了，那位同事来看望我，我非常感动也反思了自己以前对她的态度。忽然发现人是很复杂的，一个人为了生活的确有时很势利，但她本性也不坏。总之，现在对待形形色色的人、各种各样的事，我会多站在对方的立场考虑，自然就会多一份理解和宽容。最重要的是，那是别人的生活，又不是我的生活，又何必那么在意呢，想明白这一点儿后就不会和生活那么较真。我喜欢四海为家，看见你在家热衷烹饪也会真心点赞；我喜欢中餐，也懂你吃西餐的品味和心情；我喜欢新奇冒险的生活，也羡慕你居家生活的那份安稳与平静。每个人对幸福的理解不同，只要自己觉得快乐，我真心地祝福你。

　　不抱怨，不依赖，不狭隘。真正做到这些以后，你会发现自己也变得很快乐，别人和你相处起来也很舒服、很轻松。成年以后的成长比青春期更长更痛苦，但成长即使到了八十岁也不晚。

死

继续在美国留一年,没想到要面对的居然是一次又一次的送别,一天之内送走两位朋友。回到家我觉得身子特别沉,心里说不出得难过,虽然嘴上都说回国有机会再见,但都心照不宣地知道,真的很难很难再见。这只是生离,就让人如此痛苦,何况死别……

九岁,姥爷生病住院,我和堂弟每天都去看姥爷,但更多的是觉得好玩;姥爷在弥留之际,气若游丝地趴在母亲耳边说:"我不想死。"母亲泣不成声,这一幕深深地印在我脑海中,就像《西游记》里孙悟空第一次发现人居然还会死,给我无忧无虑的童年带来一丝忧郁、一点思考,一想到有一天一切都会坠入虚空,那么现在的一切不就成了死前的游戏,我的心里感到深深的恐惧和悲哀。中学时,一次把手划破了,很矫情地给朋友看,结果她批评我肉体上的痛苦本质上还是一种简单初级的痛苦,精神的痛苦比这痛苦得多,如果连肉体上的痛苦都承受不了,将来又怎么能承受精神的痛苦。如果你真的经历过那种精神上的痛苦和绝望,仿佛没有出口的海,就会理解"文化大革命"期间为什么有那么多人自杀,也会体会到在那种痛苦下,死反而是最简单的,难的是怎么活下来。置之死地而后生,死后的重生,对生的失而复得,会让你有能力认清究竟什么是生命中最宝贵、最重要的,会让你更珍惜生命的美好和真情。

韩国影片《八月照相馆》,永元得了癌症,一开始他非常恐惧,经常在深夜蒙住被子痛哭;一天一家人来他的照相馆照全家福,最后给老人单独照了一张,风雨之夜,那位老人身着盛装来到永元店里,平静、优雅地说:"我觉得白天那张照得不太好,我想让您给我重照一张。"永元当然很清楚这样的照片意味着什么,但是老人面对死亡的勇气给他巨大的震撼和力量。夜里,他平静地给父母写下操作录影机的每一个步骤,他和女友告别,其实只是远远地看着她,从隔着的玻璃上抚摸她的身影,仿佛生死两隔。永元死后,姑娘的照片还在照相馆的橱窗，她路过时甜蜜地笑了但并不知道永元已经不在。爱情会褪色的，一如我们的青春，但这份感觉却会永远留在心底，直到生命最后一刻。好的影片，总是能在生死无常之间找到温馨人生的交汇点。这些年每次和老妈通电话，末了，老妈都会汇报一下谁谁去世了，因为我所居住的家属院就像一个原始村落，人员没有太大流动，叔叔阿姨们看着我长大，我也见证过他们的青春岁月。印象最深的是最近一位阿姨和伯伯的去世，那位阿姨才五十多岁，妈告诉我她去世的消息时，她的一生马上就简单地在我脑海回放了一遍，她结婚那天非常热闹，和新郎分吃了一个苹果；刚结婚老公总出差，我和洁在她家把她的大新床当蹦蹦床，她也不介意，还给我们做好吃的。前几年我带孩子回去，那位阿姨还感慨地说："你的童年时光我还记得，现在你也有孩子。"了妈的老同事李伯伯也去世了，妈告诉我的时候非常难过。以前他们一起出差的时候，每次李伯伯从工地回来都会来看我和姥爷，一次他来的时候，爸还没回家，他看着躺在床上半身不遂的姥爷，再看看年幼的我，本来只打算简单地问候一下，但却留下来给我讲了一晚上故事。

你随便问个人一生有多少天，大家都觉得日子遥遥无期，怎么也过不完，其实只有两万多天。在经历了那么多人世间的悲欢离合、生离死别后，我终于认清只有世间的大美和真情才值得为之感动和停留。那剩下的这一万多天什么是最有意义的呢？只想在有生之年，达到艺术的至境，在我转身离去的瞬间，生与死都没有意义，因为一切记忆都留在了孤独、凄凉、永恒的美的形象里。

老北京的文化
——《四世同堂》读后感

　　《四世同堂》的京味文化以及更为广阔的人文风景,纯粹而又丰富,老到而又真切,内涵充盈,耐人寻味。从祁老人家及街坊邻居们居住的护国寺旁的小羊圈胡同到小文降生的楠木为柱,琉璃作瓦的王府;从古老的城墙,到雍容肃穆的天安门;从祁家的不甚体面的四合院,到东郊民巷的"英国府"……不管作者是否刻意于文化,从真实的场景中,我们看到的是北京古老的建筑文化以及北京人居所的文化风景。

　　从祁老人记忆里中秋的月饼,年节的年糕,到端午节的樱桃、桑葚、棕子与神符;从街上的水果摊,到瓜果之王"兔儿爷",食文化风景不可忽视。从最早传来的果赞"一毛钱儿来耶,你就挑一堆我的小白梨儿,皮儿又嫩,水儿又甜,没有一个虫眼,我的小嫩白梨儿耶"。到后来引出"牛筋来豌豆,豆儿来干又香——"的悠长动人的吆喝声以及走街串巷的"打鼓儿";从穿长衫的"英国人"丁约翰,拉黄包车的小崔,舞狮子的刘师傅,吃瓦片的金三爷,到实际上拿"黑杵",表面上是票友的小文夫妇……这种生活场景,无不有文化气息。从满人"生活艺术"中的二簧、单弦、大鼓、鸽铃、风筝、鼻烟壶儿、蟋蟀罐子、鸟儿笼子,到钱诗人的诗、书、花草,茵陈酒和北平人最清脆的语言,温美的礼貌,诚实的交易,和缓的脚步,与唱给宫廷听的歌剧……这些无不是独特的文化景观,就像一幅幅老北京的风俗画一样展现在我们眼前。

　　与此同时,它的文化展示,又与一般的再现不同——它是在生存环境的基础上的再现,并融进了作者的文化思考。例如沿街叫卖的摊贩和兔儿爷,不仅仅是一种文化的展示,而是与情节紧紧联系在一起,既使人产生深广的生活联想又有着更为深广的文化意义。在再现环境的基础上,还有表现的层次。例如,中秋节的街市上,没有了往年的繁华与热闹,祁老人没有看见应该与兔儿爷在一起的瓜果摊,而仅有的兔儿爷也将要随着无人问津而无法经营,随着兔儿爷的消失,许多可爱的、北京特有的东西，也必定绝了根。老人的心里有说不出的难过，他的儿孙将生活在一个没有兔儿爷的北京！在老人心里，本来只要日本人不妨碍他的生活，他就不会恨他们，现在，他看明白了，日本人已经不许他过节了！这样一来，兔儿爷就成了情节的有机组成部分，进而引发了祁老人对做亡国奴的感慨。于是它就顺里成章地融入了情节，从而有了特别的意义。

  生存的风景与文化的风景合二为一，使小说别有一番风味。前面提过的小羊圈的钱诗人、小崔、小文夫妇、大赤包和英国府的富善先生等，不仅是鲜活生动的人物，还是历史的见证，他们本身又组成了独特的文化景观。小文夫妇代表的是"满清末落贵族"，他们幼年的生活何其奢侈——每一分钟都是用许多金子换来的，但是随着时代的变迁，他们已经和许多末落贵族一样讨生活，他们的一切，包括楠木为柱、琉璃作瓦的王府和奢侈的生活艺术都随着贵族的末落随风而逝了；丁约翰，因为其父被义和团杀害所以有资格在英国府打杂，但他甚至以为自己是个英国人以至全胡同除了冠家他谁也看不起，他是个典型的洋奴并且也是时代——国家被帝国主义列强欺辱的时代产物；还有富善先生，他是一个英国人，但他非常热爱北京（确切地说是老北京）的文化，他是真正发自内心地热爱，以至要写一本关于北京的书，但他不喜欢北京的变迁，而希望北京像一个艺术品一样，永远停留在那个随风而逝的时代。小说中的主角四世同堂的众多人物，从祁老人、祁天佑、祁瑞宣、小顺和妞子漫长的人生经历中，我们看到的是一部鲜活的、激变中的中国近代史。祁老人代表着清朝人；祁天佑代表着清朝与民国之间的人，他还保留着一些老的规矩，但也挡不住新事物的兴起；瑞宣是个纯粹的民国人，他和祖父年龄上只差四十岁，而思想上却相隔一两个世纪；妞子在日本人的统治下活活饿死了，而小顺又会成为什么样的人呢？不但组成了一种文化风景，而且还承载着作者的文化思考及小说的文化主题。

  那么什么是本书的文化主题呢？我认为，他是在探讨中国文化的塑造力、扭曲力及其矛盾产物、畸形结果。北平人，他们只会看热闹，而不会哀悼；北平人，他们只会咪嘻地假笑，而不会落真的眼泪；忍耐是北平人最高的智慧，和平是他最好的武器。爱和平的人没有勇敢，和平变为耻辱，保身变为偷生；在国家危亡的时刻，浅薄、无聊与俗气，就可以使人变成汉奸。《四世同堂》中从肉体到精神备受摧残的北平市民，除了极少数在早期投入战斗，绝大部分非但不抵抗，反倒在惨淡的现实面前，惶恐、犹豫、徘徊，以至于退缩、苟且，老舍文中说"北平人倒有百分之九十九是不抵抗的"。在老舍看来，在中华文化体系中极具典范意义的北平文化，是"一种熟到了稀烂"的文化，就因为过熟，失去了原有的阳刚之气，空留下一片凄清流丽。因此，当北平人看到日本人用气球扯起"庆祝保定陷落"的大旗时，原来在北平人心目中还不如通州显眼的保定，忽然显得无比重要了。"大家忽然想起来，像想起来一个失踪很久的好友或亲戚似的。大家全都低下头去。不管保定是什么样的城，它是中国的地方！多失陷一座别的城，便减少光复北平的一分希望。他们觉得应该为保定戴孝"。老舍真是把体现着中国传统文化正负面价值的北京市民的文化心理琢磨透了。历史学家写历史，文学家也写历史。历史学家对历史毫无遮拦地议论，文学家则往往把自己对历史的解读和思考融入作品的情节内，在娓娓道来的民俗世相中对民族文化进行反思。总之，老舍先生作品中的文化展示、表现及其反思的意义，值得我们再三思之。

另外，写景也是老舍先生的拿手好戏，融注了老舍真挚而热烈的乡情，使作品地方色彩格外浓郁，富于魅力。比如，《四世同堂》中自然景观的写意性。自然界的万物仿佛都通了灵性，与人物的心情和国家的命运紧密结合。天很热，而全国人民的心却凉了，北平陷落，南京陷落；天很冷，一些灰白的云遮住了阳光。麻雀藏在房檐下；杏花开了，台儿庄大捷。北京的自然风光、风云气象，如冬日的风沙，夏日的暴雨等等，老舍都写得极为出色，真正写出了非北京莫属的地方特色。

有人评说，老舍是北京的儿子，就连他的故居也以北京特色水果——柿子命名"丹柿小院"。老舍先生在《想北平》一文中深情地写道："你问我喜欢北京的什么我说不出来，也许是玉泉山的倒影也许是什刹海雨后的一只蜻蜓，我就是说不出来。"老舍倾情于生死相依的北京，北京也以不变的真诚深情地呼唤着他。

（此篇系2000年旧作）

后记

梦里不知
身是客

没有文学，人生多寂寞

近来总是想起二十年前的一些往事，每每追忆完又无限感慨，向之所欣，俯仰之间，已成陈迹。我们的生命终究像大海里的浪花，可能闪都没闪一下就归于寂灭了，我很怕那些美好的事物从此也都消失得无影无踪，于是不禁援笔追述那些人和事。一位已经失联多年的朋友，因为我的一篇文章提到她，朋友的朋友相继转发，我竟发现此刻她人在加拿大，离我如此之近。她诚邀我去她家做客，让我意外地重温了珍贵的友情。我文中提到的其他一些朋友也说没想到我把我们交往的点点滴滴记得那么清楚，我说："因为你们给我的是真情，我也只能用真情来回报。"文学就是人类心灵的历史，正是这人类最感人、最真挚、最纯净的感情，使得平凡而卑微的我们能够超越一切苦难，一代又一代繁衍生息下来！

暑假旅行，两个孩子闹着要听故事，我和朋友轮着讲聊斋，讲完之后我想起当年电视剧中的那些牛鬼蛇神倒比正人君子更可爱！《倩女幽魂》里的聂小倩，如果听师父的话害死书生就可以投胎转世，但她不仅没有这么做，还在千钧一发之际用自己的生命救了书生！她是鬼，但比人活得还像人，让人荡气回肠；还有水鬼王六郎，他每日和渔夫在江边喝酒，把鱼都赶到渔夫的网里，我很吃惊的是平凡的渔夫知道六郎的水鬼身份并不害怕，因为他们以心相见，所以不在乎对方是神、是人还是鬼，这一点是耐人寻味的。有个溺亡的母亲要来接替六郎做水鬼，他看见岸上失去母亲的孩子撕心裂肺地哭着，动了恻隐之心，在稍作犹豫之后就把那个母亲推上了岸，而六郎继续留在冰冷的水底做水鬼。这也许就是聊斋最动人的地方，仁者之心，这也是文学艺术的魅力，歌颂的是真情。正是这最真挚的情感，使人类有勇气面对人生的困境。《石清虚》里，有一个痴迷石头的人，石头为了他也愿意粉身碎骨。我曾经在公园读这个故事，当时我被这个故事的意境感动得久久不能自拔，神情呆滞，一位外国人走到我身边问路，他用英文说打扰了，我没反应；他又用中文说你好，我还是毫无反应。他不解地摇摇头走了，自言自语道："难道她中英文都不懂？"我仍然沉浸在这份感动中，聊斋里的感情超越了生死、超越了爱恨、超越了人与物，弥漫天地间的只有一个情字！

　　文学之所以感人，就在于透过文字，我们读别人的生活，同时也更深刻地感悟自己的人生。作者情动而辞发，读者披文以入情。这世上，如果没有文学，人生该多寂寞啊！

176　梦里不知身是客

猪宝和妈妈

二岁

妈妈：你看天边的云像不像棉花糖？

猪宝：像，但是没把儿。

三岁

妈妈：等你长大以后，小伙伴都各奔东西，只有这棵樱花树还在……

猪宝：还有妈妈。

四岁

妈妈：你喜欢什么样的女孩啊？

猪宝：像你一样不胖也不瘦。

五岁

妈妈：如果我去外地上学，你去找我好不好？

猪宝：我只想在家找到你。

六岁

妈妈：我不是告诉过你安徒生是丹麦人吗？

猪宝：我以为你说那套书是单卖的。

七岁

妈妈：写作文的时候一定要展开想象！

猪宝：但是也要面对现实啊！

八岁

妈妈：你看那是什么？

猪宝：我不想说了，你已经说了好几遍了。

九岁

妈妈：天边的云真美啊！

猪宝：好好开车！

十岁

妈妈：你们老师真是个浪漫的人！

猪宝：就像你一样很单纯，单纯的人才浪漫……

……

苍茫天地间，

妈妈带着猪宝，

或者说，

猪宝带着妈妈。

不断地交谈，寻求启示。

有些问题，妈妈可以回答；

有些问题，妈妈还要和猪宝一起去寻找；

有些问题，其实没有答案……

梦里不知身是客